D1383994

Cautiva en su cama
Sandra Marton

Bianca®

HARLEQUIN®

Editado por HARLEQUIN IBÉRICA, S.A.
Hermosilla, 21
28001 Madrid

© 2006 Sandra Myles. Todos los derechos reservados.
CAUTIVA EN SU CAMA, Nº 1755 - 2.5.07
Título original: Captive in His Bed
Publicada originalmente por Mills & Boon®, Ltd., Londres.

I.S.B.N.: 978-84-671-4912-8
Depósito legal: B-13618-2007
Editor responsable: Luis Pugni
Composición: M.T. Color & Diseño, S.L.
C/. Colquide, 6 - portal 2-3º H, 28230 Las Rozas (Madrid)
Fotomecánica: PREIMPRESIÓN 2000
C/. Algorta, 33. 28019 Madrid
Impresión y encuadernación: LITOGRAFÍA ROSÉS, S.A.
C/. Energía, 11. 08850 Gavá (Barcelona)
Fecha impresion para Argentina: 29.10.07
Distribuidor exclusivo para España: LOGISTA
Distribuidor para México: CODIPLYRSA
Distribuidores para Argentina: interior, BERTRAN, S.A.C. Vélez Sársfield, 1950. Cap. Fed./ Buenos Aires y Gran Buenos Aires, VACCARO SÁNCHEZ y Cía, S.A.
Distribuidor para Chile: DISTRIBUIDORA ALFA, S.A.

Capítulo 1

Cartagena, Colombia

Matthew Knight estaba sentado en una mesa de la terraza del Café Esmeralda, bebiéndose una botella de cerveza y preguntándose qué demonios hacía en Cartagena. Años atrás, en una vida que a veces no le parecía la suya, había salido de allí y había jurado no volver jamás.

Incluso había estado antes en ese café, en esa mesa, seguramente incluso en la misma silla, con la espalda apoyada en la pared y los ojos recorriendo el bullicio de la plaza, tratando de detectar algún posible problema antes de que le golpeara en el cogote. Los viejos hábitos nunca desaparecían del todo. Lo mismo que los recuerdos que lo despertaban en la mitad de la noche, pero mejor no pensar en eso.

Hacía calor, pero en Cartagena siempre hacía calor. Nada había cambiado. Los olores, el tráfico. Incluso la multitud que gritaba en la plaza. Soldados, policías y turistas cargados de suficientes joyas, carteras y teléfonos móviles como para hacer felices a los carteristas.

Un hombre tenía que cuidarse en Cartagena, lo había aprendido la primera vez.

Había creído que lo sabía bien, pero si realmente lo hubiera sabido bien... si hubiera...

Maldición, no quería ir. El pasado estaba muerto. Lo mismo que Alita.

Matthew apuró el último sorbo de cerveza. No estaba allí como un civil, ni como miembro de una agencia en la que lo blanco era negro, y lo negro, blanco, y nunca nada era en realidad lo que parecía.

Y a los treinta y un años tenía el mundo en sus manos. Estaba en la flor de la vida, con su metro noventa, los huesos cincelados de su madre medio comanche y los ojos verdes de su padre tejano. Una fina cicatriz encima de uno de los pómulos, un recuerdo de una noche de invierno en Moscú cuando un insurgente checheno había tratado de matarlo.

Las mujeres se volvían locas con aquella cicatriz.

–Te da un aspecto tan peligroso –le había susurrado una rubia hacía unas pocas noches, y había rodado debajo de él. Le mostró, para placer de la chica, lo peligroso que podía ser.

Además era rico. Increíblemente rico, y ni un céntimo de su fortuna provenía de su padre.

Lo que le había hecho rico había sido Knight, Knight y Knight: Especialistas en Situaciones de Riesgo, la empresa que había fundado con sus hermanos. Se llevaban un año y compartían la misma historia.

Una madre que había muerto cuando eran jóvenes. Rebeldía juvenil, unos pocos meses en la universidad seguidos de las Fuerzas Especiales y la Agencia. El peligro y las mujeres hermosas se convirtieron en las drogas preferidas de Matthew, aunque las mujeres nunca duraban mucho.

Un guerrero nunca deja que sus emociones lo controlen.

–¿Otra cerveza, señor?

Matthew alzó la vista y asintió. La cerveza era lo único que todavía le gustaba de Cartagena.

Cinco años antes, la Agencia le había puesto de

compañera a una agente de la DEA y había enviado a ambos allí para infiltrarse en un cártel de la droga. Su tapadera era ser amantes intentando hacer algo de dinero. No lo eran, pero Alita bromeaba diciendo que si alguna vez se decidía por un hombre, Matthew estaría el primero en la lista. Y él había dicho, sí, sí, promesas, promesas...

Alguien los delató. Cuatro hombres armados los atraparon en la calle y los llevaron a una choza perdida en la selva. Golpearon a Matthew hasta que perdió el conocimiento. Cuando volvió en sí, Alita y él estaban atados a dos sillas.

—Ahora verás cómo hace disfrutar un hombre a una mujer, gringo —le había dicho uno de los secuestradores, provocando una carcajada en los demás.

Alita mostró el coraje de una leona. Matthew luchó por librarse de las ligaduras, pero no consiguió impedirlo.

Cuando hubieron terminado, dos de los asesinos sacaron el cuerpo de Alita al exterior. El tercero fue con ellos y sólo uno quedó con él. Sonrió, mostrando una buena colección de dientes marrones, y dijo que iba a prepararse para la diversión que iba a continuación.

Estaba inclinado sobre dos rayas de polvo blanco cuando Matthew consiguió librase de las cuerdas que sujetaban sus muñecas.

—Eh, amigo —había dicho con suavidad.

El hombre se dio la vuelta y fue hacia él. En un instante Matthew tenía la manos sobre la boca del hombre y un brazo alrededor de su cuello. Un rápido movimiento y estaba muerto.

Mató a dos de los otros con el arma del primero, pero sólo hirió al cuarto. El tipo se perdió en la jungla. Mejor, había pensado Matthew con frialdad, un jaguar se daría un festín antes de que terminara el día. Él tenía otras cosas que hacer. Como enterrar a Alita.

Fue difícil, no porque la tierra estuviera dura, sino porque las lágrimas desenfocaban su mirada.

De pie al lado de la tumba, juró vengarla.

Volvió en el coche de sus secuestradores a Cartagena y después fue a Bogotá. En la embajada le expresaron sus condolencias y le dijeron que no buscarían al asesino que había escapado. Cuando Matthew exigió respuestas, su jefe lo mandó a Washington.

Coincidió que Cam y Alex estaban allí también. Acompañados de una botella de Johnny Walker, los tres hermanos compartieron su desilusión con la Agencia.

Había nacido Especialistas en Situaciones de Riesgo. Desde Dallas, los Knight ofrecían a sus clientes soluciones para problemas complicados, soluciones que siempre eran morales pero no exactamente legales.

La Agencia y Colombia se convirtieron en un recuerdo... Hasta ese momento. Hasta que el padre de Matthew les había pedido que se reunieran con un viejo amigo que tenía un problema. Como un favor, había dicho.

¿Avery pidiendo un favor? El reciente roce con la muerte de Cam había cambiado las cosas, pero Matthew no confiaba del todo en el cambio. Aun así había aceptado la reunión. Escucharía el problema de aquel tipo y a lo mejor le daba algún consejo. De ningún modo iba a aceptar algo que le mantendría...

Un hombre se estaba acercando a él. Matthew se fijó en las características más sobresalientes. Norteamericano. De unos cuarenta años. Buen aspecto. Indudablemente militar, a pesar de que iba vestido de civil.

—¿Matthew Knight?

Matthew se puso de pie y le tendió la mano.

–Douglas Hamilton. Siento llegar tarde.

–No hay problema, señor Hamilton.

–Coronel –la mano de Hamilton era suave, pero apretó con fuerza–. Soy militar –una sonrisa breve y de dientes muy blancos–, del ejército de los Estados Unidos. ¿No se lo dijo su padre?

Matthew le hizo un gesto para que se sentara y después pidió dos cervezas más al camarero.

–Mi padre me ha dicho que ustedes dos son viejos amigos y poco más.

–En realidad, la amistad era entre su padre y el mío –el camarero dejó en la mesa dos botellas heladas, Hamilton ignoró la suya–. ¿Qué tal está Avery?

–Bien –dijo Matt en tono educado mientras se preguntaba por qué le disgustaba Hamilton.

–Quiero darle las gracias por venir hasta aquí tan deprisa, señor Knight.

Matt no respondió. Se aprendía más dejando que se prolongaran los silencios que corriendo a llenarlos.

–Recurrir a la amistad puede resultar presuntuoso, pero le necesitaba... –Hamilton hizo una pausa–. Usted y su empresa tienen una gran reputación.

–Podría haber llamado, salimos en la guía.

–No podía hablar de esto por teléfono.

–¿Hablar de qué?

–Directo al asunto, me gusta –la sonrisa de Hamilton se oscureció–. Se trata de mi prometida. Me temo que ha cometido una... una indiscreción.

Matthew respiró hondo. A veces la gente confundía su empresa con una agencia de detectives.

–Coronel –dijo en tono cortés–, me temo que no ha entendido bien a qué se dedica mi empresa. No soy detective privado, no me ocupo de asuntos personales.

–Lo sé –dijo Hamilton, bajando la voz–. Lo que voy a contarle tiene que mantenerse en el más absoluto secreto.

La prometida de Hamilton se habría acostado con otro hombre, seguro que era eso a lo que se refería con la palabra «indiscreción». ¿Se pensaba Hamilton que era un pistolero? Un par de tipos habían ido a Especialistas en Situaciones de Riesgo con una petición similar, pero el asesinato no estaba en su cartera de servicios.

—Mi prometida se ha visto envuelta en... en algo...

—¿Una aventura con otro hombre?

El coronel dejó escapar una carcajada.

—Me gustaría que fuera así de simple —dudó, y se acercó más—. Trafica con drogas.

—Trafica con...

—Cocaína. Ya sabe que la valija diplomática no está sujeta a registros de aduana. Mia utilizaba mis privilegios para enviar cocaína a los Estados Unidos.

Matthew lo miró fijamente. Aquello era demasiado.

—¿Es una adicta?

—Por lo que yo sé, no.

—Entonces, ¿por qué lo hace?

—Por dinero, supongo. Mucho dinero.

—¿Qué pasó cuando la atraparon?

—No la han atrapado. No las autoridades. Alguien me dio el soplo de lo que hacía.

—Alguien que se lo debía.

—Puede decirlo de ese modo. La cuestión es que me hice cargo.

Lo que significaba que el coronel había recurrido a su influencia para enterrar el asunto.

—Hablé con Mia. Pensé que estaría agradecida, pero se mostró aterrorizada. Me dijo que la gente a la que pertenecía la coca pensaría que les había estafado e irían a por ella.

—Bueno, seguramente tiene razón.

—Le dije que estaría segura bajo mi protección,

pero no me creyó. Esto fue hace cuatro días –Hamilton respiró hondo–. Ayer, desapareció.

–¿Secuestrada? –dijo, sintiendo cómo se le erizaba el pelo de la nuca.

–Puede ser. O puede que huyera. Sea lo que sea, está en peligro.

–¿Ha ido a las autoridades? –preguntó, aunque conocía la respuesta.

–No puedo. Tendría que contar toda la historia. Implicar a Mia...

–Implicarse a usted –el coronel no respondió. Después de un minuto, Matthew asintió con la cabeza–. Entiendo su problema, coronel, pero no sé cómo podemos ayudarle.

–Pueden encontrarla.

–Eso es imposible.

–Usted conoce este país.

–Y usted parece conocer mucho de mí –dijo Matthew, entornando los ojos.

En lugar de responder, Hamilton sacó una fotografía y la colocó encima de la mesa.

–Ésta es Mia.

Reacio, Matthew tomó la foto y la miró. Había esperado que la prometida del coronel fuera atractiva. Un hombre como él no tendría una que no lo fuera, pero Mia Palmieri tenía un rostro y un cuerpo de ésos que inspiran a los artistas.

La foto se había tomado en una playa un día con suficiente viento como para que los oscuros rizos cubrieran sus hermosos pechos de un modo muy sugerente. Llevaba unos pantalones cortos que dejaban ver unas interminables piernas. Sus ojos eran grandes y oscuros y su boca...

Su boca estaba hecha para el pecado.

Una sensación de deseo recorrió el vientre de Matt.

–Es muy atractiva.

–Es preciosa –dijo Hamilton, masticando las palabras–. Más que preciosa. Es todo lo que un hombre podría desear y... quiero que vuelva.

–Vaya a las autoridades.

–Acabo de decirle...

–No puede, sí, me lo ha dicho, pero le estoy diciendo...

–Está implicada con el cártel de Rosario. ¿Le dice algo ese nombre, señor Knight?

Matthew apretó los labios.

–¿Por qué debería decirme algo?

–He revisado sus antecedentes. Conozco la historia. Perdió una compañera. ¿Puede quedarse tranquilo mientras yo pierdo a mi prometida a manos de la misma gente?

Un golpe de viento movió la fotografía que Matthew había dejado encima de la mesa. La cazó en el aire y volvió a mirarla.

–¿Por qué trataba ella de pasar coca?

–Se lo he dicho: no lo sé.

–Dijo que por el dinero.

–Entonces, ¿por qué me lo pregunta otra vez?

–A lo mejor lo hizo por divertirse.

–¿Qué importa eso? Lo hizo, y ahora...

–A lo mejor lo hizo por usted –Matthew sonrió con frialdad–. A lo mejor es usted quien está detrás del tráfico. O puede ser que su prometida quisiera poner fi a su relación y por eso ha desaparecido.

–¿Me está acusando de algo? –dijo Hamilton apretando los dientes.

–Simplemente quiero advertirle de que si empiez a husmear, puedo encontrar cualquier cosa.

–Entonces, lo hará.

Matthew miró la foto. Deseó que se hubiera toma do desde más cerca. Había algo en los ojos de Mi Palmieri...

–¿Quién fue la última persona en verla?

–Mi cocinera. Llevó la comida de Mia al lado de la piscina. Cuando volvió a por la bandeja, la puerta de atrás del jardín estaba abierta, y Mia había desaparecido.

–Quiero hablar con la cocinera y el resto de su servicio.

Los ojos de Hamilton brillaron.

–Gracias, señor Knight.

–No me dé las gracias hasta que haya recuperado a su prometida, coronel –Matthew echó un vistazo al reloj–. He alquilado un todo terreno. ¿Cuál es su dirección?

Hamilton dijo el nombre de una calle en la parte alta de Cartagena, en uno de los barrios más caros de la ciudad.

–Nos veremos allí –dijo Matthew.

Dentro del Escalade alquilado, sacó la foto, la apoyó en el volante y miró fijamente a Mia Palmieri. Desde luego no tenía el aspecto de una narcotraficante, pero los años de la Agencia le habían enseñado que el refrán era cierto: no podía fiarse de las apariencias.

Aun así, había algo en sus ojos... Miró la fotografía un largo minuto. Por alguna razón que no podía comprender, pasó el pulgar por los labios de Mia.

Después arrancó el Escalade y se dirigió a las colinas.

A cientos de kilómetros de distancia, en una habitación de hotel en Los Andes, Mia Palmieri se despertó sobresaltada de un sueño inquieto. Algo había rozado sus labios.

Con el corazón desbocado, se tocó los labios. No había nada. Sonrió. Tenía que haber sido la brisa, sólo la brisa que entraba por la ventana abierta.

Había cerrado la puerta, echado la cadena, incluso encajado una silla en el picaporte, pero había dejado la ventana abierta. La habitación estaba en la segunda planta, era bastante segura.

De todos modos se levantó de la cama, fue hasta la ventana y la cerró. Mejor así, pensó.

Capítulo 2

DÓNDE estaba Mia Palmieri? ¿Había huido o la habían raptado? Relacionarse con gente del mundo de la droga era jugar con fuego. Y eso llevaba a la siguiente pregunta: ¿por qué había aceptado pasar coca? Se ganaba mucho dinero, pero había mucho riesgo, sobre todo de la forma que lo había hecho ella. Utilizar el correo de la embajada la había puesto en peligro a ella, pero también a su prometido. Las perspectivas de Hamilton en el ejército eran muy buenas. ¿Por qué arriesgar su futuro y el de ella misma? Matthew tenía mucha preguntas. Necesitaba respuestas.

La casa de Hamilton no sólo era cara, además estaba muy bien custodiada, lo que no era raro en aquella parte del mundo. Un muro culminado con alambre de púas rodeaba la casa; una perrera sugería que al menos un perro de guarda estaba suelto, probablemente por la noche.

Matthew tuvo que identificarse en la puerta. Se abrió, y fue en el coche hasta la casa. El coronel salió a recibirlo y, a petición de Matthew, lo acompañó por las elegantes habitaciones.

—Mia amaba esta casa —dijo el coronel.

A lo mejor era así, pero la decoración del salón dejaba que desear.

La relación entre Hamilton y su prometida no era normal. No según el estándar de Matthew. Si una mujer como Mia Palmieri hubiera sido parte de su vida, habría pasado las noches con ella.

No como el coronel. Su prometida y él no compartían habitación. Sus respectivas habitaciones ni siquiera estaban conectadas. De hecho, cada una estaba en un extremo de la casa.

–¿No dormían juntos?

Hamilton se ruborizó.

–Nuestra forma de dormir no es de su incumbencia.

–Ahora todo es de mi incumbencia –respondió Matthew–. Vaya acostumbrándose, Coronel.

–Dormíamos juntos –dijo Hamilton, ahogado–. Claro que sí, pero Mia... Mia insistía en tener su propia habitación.

–¿Por qué? Y, por favor, coronel, no me haga perder el tiempo diciéndome que quería mantener su intimidad.

No sabía por qué había dicho eso, pero funcionó. Hamilton volvió a ruborizarse.

–Mia es muy buena utilizando... utilizando el sexo para conseguir lo que quiere.

–¿Y qué quería de usted, coronel?

Matthew sabía que la pregunta era difícil, pero quería observar la reacción del coronel.

–Nada en particular. Sólo... –Matthew casi sintió lástima por él–. Sólo pensaba que le daba el control.

–Y lo hacía –dijo Matthew con suavidad–. Traficaba con coca delante de sus narices.

–Pero no permití que siguiera con eso. Ya se lo he dicho.

–No, pero tampoco la obligó a afrontar las consecuencias.

Hamilton inspiró profundamente. Matthew pensó que iba a defenderse, pero en lugar de eso dejó caer los hombros.

–No estoy orgulloso por mi debilidad con Mia –dijo con tranquilidad–, pero la amo, y quiero recuperarla.

La cocinera confirmó que Mia casi se había disuelto en el aire. No había habido ruido de pelea, ni sillas tiradas, nada.

–¿Algo más?

–Sí –dijo ella después de un par de segundos–, la señorita no había tocado su almuerzo, lo único que faltaba en la bandeja era una botella de agua.

Matthew encontró aquello interesante. ¿Podía una mujer que había sido secuestrada sin pelear haber tenido la oportunidad de llevarse una botella de agua?

–¿Había alguien más trabajando en la villa ese día?

–No, señor –dijo la cocinera con énfasis. Después de una pausa dijo que el chico de la piscina había estado, pero cuando la señorita había desaparecido, estaba en la casa de al lado.

Matthew localizó al muchacho. Tardó un poco, pero al final recordó que había visto pasar un taxi, a lo mejor en dirección a la casa de Hamilton.

Fue hasta la ciudad, se detuvo en el hotel, consiguió una lista de empresas de taxis y tuvo suerte al tercer intento: por diez dólares, el telefonista recordó que había mandado un taxi a la dirección de Hamilton el día que Mia desapareció. Por quince consiguió el paquete completo: hablar con el conductor que reconoció la foto de Mia. La había llevado a alquilar un coche.

El chico de los coches de alquiler también la recordaba. Mia había preguntado por algunas direcciones de Bogotá. El chico había intentado convencerla de que no hiciera el viaje. Era muy largo, quince o dieciséis horas. Y peligroso, sobre todo para una gringa, pero Mia había insistido, y el chico le había señalado

la ruta en un mapa. La más corta, había insistido ella.
Al menos la señorita había sido lo bastante lista como
para estar de acuerdo en eso.

Media hora más tarde, Matthew salía de la ciudad,
pero no por la carretera que se suponía que había tomado Mia. Ya estaba seguro de que había huido. La
cuestión era ¿por qué? Sólo había dos razones lógicas.
La primera era que huía del cártel porque la droga que
llevaba no había llegado a su destino. La segunda era
que huía con un alijo de cocaína. Eso tampoco gustaría al cártel.

Sólo había una forma lógica de actuar: una mujer
que huye tanto de su novio como de un atajo de asesinos se habría subido a un avión. Una mujer con un alijo
de coca robada trataría de eliminar las pistas perdiéndo-
se en las montañas. Y sobre la ruta que había tomado...
Él siempre que había huido había dejado pistas falsas.
A lo mejor decir que iba a seguir la ruta más corta había
sido una pequeña indiscreción de Mia..., pero era lo que
él hubiera hecho en su lugar. Así que decidió seguir su
intuición y tomar el camino más largo a Bogotá.

La carretera era difícil, pero no había tráfico, así
que mantuvo una buena velocidad. Llevaba un termo
de café y algunos bocadillos. Cuando empezaba a os-
curecer, se detuvo y se los comió. Estaba cansado, no
podía recordar la última vez que había dormido bien y
había comido de verdad, pero Mia le sacaba mucha
ventaja y tenía que reducirla.

Se detuvo en cada pueblo, en las gasolineras y hos-
tales, preguntando por ella, describiendo su coche y
enseñando la foto. Nadie la había visto. Un par de horas antes de que amaneciera, salió por un pista lateral,
aparcó bajo unos árboles, se aseguró de que las venta-
nillas y las puertas estuvieran bien cerradas, subió el
aire acondicionado y se durmió con la nueve milíme-
tros al alcance.

Cuando salió el sol, estaba en la carretera de nuevo, conduciendo despacio por las calles de una nueva localidad... Vio el coche alquilado por Mia, aparcado fuera de un hotel que había visto días mejores.

Matthew recorrió un sendero lleno de basura y entró. Tocó la campanilla que había en el mostrador de recepción. Después de un minuto, se abrió una puerta y un tipo se acercó frotándose los ojos, con la camisa medio desabrochada y la cara deformada por un bostezo gigantesco.

–¿Quiere una habitación el señor?

Matthew le dedicó su mejor sonrisa.

–Tengo una reservada –dijo.

Bueno, era su novia quien la tenía, dijo poniendo la foto de Mia encima del mostrador, el problema era que no recordaba el número. Ah, y tampoco tenía la llave y quería darle una sorpresa. Su actuación fue recibida con una mirada sin pestañear.

Sacó algunos billetes del bolsillo y los puso en el mostrador. El chico agarró los billetes y le dio una llave marcada con el número 204.

Matthew subió las escaleras. Recorrió un largo pasillo hasta la puerta correspondiente y acercó la oreja a la madera. No oyó nada. Con cuidado, introdujo la llave en la cerradura. La giró. Abrió la puerta. Mia no estaba, pero sí algunos objetos de mujer. Un bolso. Una maleta pequeña abierta encima de una silla. Ropa tirada encima de la cama.

Podía sentir su aroma. Ya lo había notado en su habitación en la villa. Una fragancia suavemente femenina que recordaba a un campo lleno de flores bajo un cielo azul claro.

Matthew cerró la puerta. No había mucho en la maleta. Ningún paquete de coca. Sólo un par de camisetas aún con las etiquetas colgando. Lo mismo que unos pantalones blancos de algodón. Algo de ropa interior. Lencería, lo habría llamado ella probablemente: unas bragas y un sujetador blancos.

¿Era así como le gustaba verla a Hamilton? ¿O era así como le gustaba a ella que la viera?

Si fuera su mujer, la habría tenido entre seda. Rosa, marfil. Tonos pastel que contrastaran con el pelo y los ojos oscuros. Tangas de seda para poder apreciar la curva de sus caderas. Sujetadores de seda, de la clase que levantan los pechos de una mujer presentándolos como una ofrenda para su amante. O de esos medio transparentes que dejan ver la sombra de los pezones.

Matthew sintió su propia erección. Era justo lo que necesitaba. Una colección de fantasías sobre una mujer que había huido dejando a su amante con la duda de si estaba viva o muerta. No le gustaba Hamilton, su arrogancia, su sinceridad forzada, pero ningún hombre merecía que le hicieran eso.

Rápidamente deshizo la cama para revisarla, revisó bajo el colchón, el suelo. Abrió los armarios. Vacíos. Lo mismo que el cajón de la mesilla.

Si Mia tenía droga, o estaba en su coche o la llevaba encima. Revisaría el coche y se sentaría en su Escalade a esperar...

Escuchó pisadas acercándose por el pasillo. Cerró la puerta con llave y se aplastó contra la pared. Las pisadas se acercaron más. Se detuvieron. Una llave abrió la cerradura. La puerta se abrió. Matthew, como una pantera, cerró la puerta, echó el cerrojo y agarró a su presa entre los brazos antes de que pudiera reaccionar.

Mia se quedó sin respiración.

Un fuerte brazo de hombre la sujetaba y la levantaba del suelo. Trató de gritar pero una mano le tapó la boca. Le dijo algo al oído, pero estaba demasiado aterrorizada para entenderlo.

Recorrieron tambaleándose la habitación, luchando, consiguió clavarle el codo en el estómago. Nada. Volvió a intentarlo. Dos codazos más, pero aunque se quejó, consiguió mantenerla sujeta.

Dio una patada a la mesa, que cayó con un gran estruendo. Una lamparita se hizo pedazos, pero no fue suficiente para que apareciera nadie en su ayuda. Otra patada. Esa vez consiguió golpearlo en la espinilla con el tacón. De nuevo un quejido de dolor.

Lo único que consiguió fue que el brazo que la sujetaba, la apretara con más fuerza.

—Maldita sea —gruñó el hombre, y aquello hizo que su pánico se disparara.

Su acento era norteamericano. Así que no había ninguna posibilidad de que fuera un ladronzuelo. Era el hombre que habían enviado a matarla.

Mia mordió la mano. El hombre maldijo de nuevo. Volvió a morderlo, sabía a sangre. Él le puso la rodilla en la base de la columna y tiró de ella de modo que el cuerpo se le arqueara. Le tapó con la mano la boca y la nariz.

—¡Para! No quiero hacerte daño.

No. No iba a hacerle daño, por eso la había seguido desde Cartagena, se había colado en su habitación, escondido tras la puerta y atacado. Sus movimientos eran los de un asesino profesional. Si se creía que diciéndole eso iba a estarse quieta, se equivocaba. Su lucha se volvió más furiosa. El hombre apretó más. La habitación empezó a volverse gris. Luchó por conseguir respirar y logró una preciosa respiración antes de que volviera a cortarle el aire.

—Tú eliges, nena —le dijo al oído—. ¿Quieres vivir o morir? Puedo adaptarme.

Mentía. La mataría, daba igual cómo, pero la mataría. De todos modos, si le seguía el juego, a lo mejor ganaba algo de tiempo.

Mia asintió.

–Chica lista –dijo, y la soltó.

Cayó al suelo como una marioneta a la que cortan los hilos y se golpeó contra la pared con la cabeza. Respirar era lo único que le importaba. Después de un momento, cuando dejó de jadear, miró al hombre que la había agarrado.

Matthew fue hasta la ventana y se quedó de pie con los brazos cruzados y las piernas separadas. No podía verlo muy bien, pero era evidente su fortaleza y su tamaño.

–¿Estás bien?

¿Que si estaba bien? Le dieron ganas de echarse a reír. Casi la había matado. Aunque no lo había hecho.

No respondió. Lo miró con detenimiento unos segundos, entonces él fue hasta un lavabo que había en un rincón, llenó un vaso con agua y se lo tendió.

–Bébetelo.

Tuvo ganas de decirle qué podía hacer con el vaso, pero eso sólo serviría para empeorar las cosas. Aceptó el vaso, se lo bebió y se lo devolvió. Jugaría a ser pasiva. A lo mejor eso le dejaba un resquicio.

Sus dedos rozaron los de ella al tomar el vaso. Su piel era cálida, casi caliente. Estaba congelada, pero era lo normal cuando sales de una subida de adrenalina. Además todo lo que llevaba era un fino albornoz de algodón. ¿Sabría él eso? Seguramente sí, después de lo fuerte que la había sujetado. Mia sintió un escalofrío y se cerró un poco más el albornoz. Ese hombre sería capaz de cualquier cosa.

–Bueno –dijo él con tono suave, casi perezoso–. ¿Quieres decirme algo?

Levantó la vista. Estaba de nuevo frente a la ventana. Era sólo un contorno.

–¿Qué quieres que te diga?

–Venga, Mia. No perdamos el tiempo. ¿Por qué fingiste tu propio secuestro?

–Fingir mi qué... –negó con la cabeza–. No sé de qué me hablas.

–De la preocupación de tu novio.

Douglas. Sí. Se habría sorprendido si no se hubiera preocupado.

–Creyó que te había pasado algo, y lo que había sucedido era que habías decidido huir de él. La única pregunta ahora es ¿dónde está?

Se le paró el corazón. Intentó no reaccionar para que su cuerpo no mostrara nada.

–Mia, hacerse la tonta no ayuda. Te he hecho una pregunta. ¿Dónde está?

–No me estoy haciendo la tonta. No entiendo la pregunta –con cuidado, intentando no hacer nada que le hiciera acercarse a ella, se incorporó ligeramente.

–Será todo más fácil si me lo cuentas.

¿Más fácil? Casi se echó a reír. Una vez que supiera lo que quería, dejaría de ser útil.

–Te lo he dicho –dijo ella con cuidado–. No sé de qué estás hablando.

Fue hacia ella. ¡Era enorme! Y ella estaba allí, tirada en el suelo. Tenía que considerar sus posibilidades. Ser pasiva era una cosa; sumisa, otra. Despacio, con lo ojos fijos en él, se levantó.

–Tengo que vestirme.

La recorrió con la mirada, deteniéndose en la protuberancia de los pechos. Decidió mostrarse un poco más asertiva.

–¿No me has oído? Quiero vestirme, tengo frío.

–Estamos en Colombia, prácticamente en el ecuador. Nunca hace frío.

–Acabo de ducharme. El agua estaba fría y las toallas húmedas, y yo...

–Húmedas –dijo.

Su voz había cambiado. Era más grave. Contuvo la respiración. Mencionar la ducha no había sido una buena idea. Era evidente por su tono y por la forma en que la miraba. Mia bajó la vista y vio la marca de sus pezones a través del albornoz. Sintió miedo. Tenía que cambiar de estrategia, personalizar al enemigo. Su entrenamiento había sido corto, pero había aprendido algunas cosas.

–No me... no me has dicho cómo te llamas.

–¿Importa?

–Sí, importa.

Era mejor olvidar la sumisión, la pasividad. Mia se echó el pelo hacia atrás.

–Irrumpes en mi habitación, revuelves mis cosas, me acusas de... de cualquiera sabe qué...

–Y tú –dijo con suavidad– ni siquiera preguntas por qué. Interesante, ¿no crees?

Ya podía verlo con claridad. Era flaco. Sus hombros, embutidos en una camiseta de algodón, eran anchos; su vientre, liso; sus caderas, estrechas; y sus piernas, metidas en unos vaqueros, largas. Tenía un cuerpo de anuncio de coche caro.

Lo miró a la cara. Era difícil no reaccionar. Había esperado un monstruo y se encontró con una belleza masculina. Espeso pelo negro. Profundos ojos verdes. Una nariz elegante, una boca cincelada y un mentón ligeramente dividido.

Contuvo una carcajada histérica. Nada de asesinos feos, ella se merecía un hombre que pudiera romper corazones tan bien como cuellos. Tenía que pensar en algo, y rápido.

–Tienes a Hamilton realmente embobado.

–¿A quién?

–¿Qué te he dicho, nena? No te hagas la tonta. Acabaré enfadándome –dibujó una ligera sonrisa–. A mí no me engañas. Sé cómo eres. Te escapaste con algo para hacer más fácil el viaje.

Le dio un salto el corazón. Había sido muy cuidadosa al copiar la lista y al dejar el original donde estaba. A lo mejor no lo sabía y simplemente estaba pescando.

–Te equivocas –dijo con una voz tan tranquila que ella misma se sorprendió–. No me he llevado nada. Huí de Douglas porque... porque él... no me hubiera dejado romper.

–Ah, de pronto supiste los años que tiene Dougie.

–¿Esperas que lo admita todo? Irrumpes en mi habitación, me atacas...

–Mia, Mia, ¿qué voy a hacer contigo? Mientes. Si te hubieras querido librar de tu novio, ya estarías en los Estados Unidos. Habrías tomado el primer avión a casa.

Piensa, se dijo, frenética. Piensa.

–Habría hecho vigilar los aeropuertos.

–Es un coronel, no es Dios.

–Trata de decírselo a él.

–Para ser sincero, Mia, no me importa lo más mínimo lo que sientas por ese hombre. Quiero lo que has robado. ¿Vas a decirme dónde está?

–¿Dónde está qué? –dijo con calma.

–Bien. Lo haremos por las malas. Vístete. Y deprisa. Quiero acabar con esto –ella no quería. En cuanto estuvieran solos en cualquier sitio...–. Venga, no tenemos todo el día.

–Me vestiré, pero espera fuera.

–Buen intento, nena, pero no funciona –dijo con una sonrisa.

Mia sintió que se estaba ruborizando.

–No pienso vestirme contigo aquí.

–Sí –su voz estaba recuperando el tono duro–. Lo vas a hacer.

Fue hacia ella. Mia se echó para atrás, pero se encontró con la pared. Mientras él la miraba a los ojos las manos masculinas fueron hacia el cinturón del albornoz. Ella le dio una bofetada. Él la agarró de las muñecas y le levantó los brazos por encima de la cabeza con una mano mientras con la otra deshacía el nudo.

Iba a gritar. Matthew lo sabía. Esa mujer era como un gato salvaje.

–Haz un solo ruido –rugió él– y te arrepentirás.

–Suéltame. ¡Suelta! Maldito...

La hizo callar con lo único que podía: la boca.

Gritó contra sus labios mientras trataba de escabullirse. Matthew se acercó más, sujetó más fuerte la muñeca y endureció el beso.

Estaba histérica, gritando dentro de su boca. Estaba aterrorizada, y era lo normal: había engañado a Hamilton, robado droga y huido hasta aquellas montañas infectadas de bandidos.

Era la clase de mujer acostumbrada a hacer lo que le daba la gana, sin moralidad. Una mujer que utilizaba su aspecto para lograr sus objetivos. ¿Por qué tenía el sabor del cielo?

La realidad se hizo borrosa. Agarró su rostro con una mano y cambió el ángulo del beso, y cuando abrió la boca para gritar, deslizó la lengua dentro.

Ella gimió, se resistió. Y entonces... entonces hizo un sonido casi imperceptible. El sonido que emite una mujer cuando se entrega a un hombre. Matthew soltó las muñecas y enterró sus dedos entre el pelo. Le alzó la cabeza de modo que pudiera profundizar el beso.

Mia volvió a la acción. Lo golpeó con el puño y levantó la rodilla, buscando su punto más débil, y lo hubiera encontrado si él no hubiera reaccionado tan deprisa. La agarró de las manos, la apoyó en la pared y se apoyó en ella.

Se miraron un largo minuto. Ambos respiraban con dificultad. Entonces, despacio, sujetando aún las manos, Matthew dio un paso atrás.

El albornoz se había abierto durante el forcejeo. Matthew bajó los ojos para ver la parte descubierta. Unos pechos levantados con pezones rosa pálido. Un tenso ombligo. Un delicado contorno de oscuros y sedosos rizos.

Intentó por todos los medios que su expresión no mostrase nada, aunque debería estar ciega para no darse cuenta de que se había puesto duro como una piedra y que su erección luchaba para liberarse de la cremallera.

Pensó en poseerla. Allí mismo. Contra la pared. No importaba que ella tratara de negarlo; estaba sintiendo el mismo deseo. Lo había notado en el beso, escuchado en sus gemidos. Aún lo podía ver en sus ojos llenos de pasión. En los tensos pezones.

Todo lo que tenía que hacer era desabrocharse los pantalones, agarrarla de las nalgas y levantarla. Si protestaba sería sólo unos segundos, sólo hasta que estuviera dentro de ella, hasta que empujara, hasta que ella diera un agudo grito y llegara al... ¿Estaba perdiendo la cabeza?

Era un trabajo. Un trabajo que no había querido. Estaba traficando con droga o la había robado. Había pasado media vida combatiendo a gente como ella. Además, era la mujer de otro. Ella podía decir lo que quisiera sobre Hamilton, pero eso no cambiaba el hecho de que pertenecía a ese hombre. Al diablo con los gemidos. Una mujer podía fingirlos. Sería así seguramente como habría hecho con Hamilton.

Los ojos de Matthew se oscurecieron de disgusto. Por sí mismo y por la mujer desnuda que tenía delante.

–¿Así era como mantenías al pobre Douglas ignorante de lo que hacías? –dijo con frialdad–. ¿Haciéndole saber que esto es lo que podría tener algún día?

–No sé qué...

Mia se quedó sin respiración. Una mano estaba en su pecho, y las yemas de los dedos acariciaban el pezón. Le habían acariciado los pechos antes, pero nunca se había sentido... sentido... El terror inundaba sus sentidos. Terror y algo más, algo infinitamente más oscuro.

–No me lo explico. Cómo un tipo tan inteligente puede portarse como un bobo –Matthew sonrió–. Después vi la casa. La distribución de las habitaciones. Y pensé que era un idiota dejándote dormir sola –inclinó la cabeza y olió el suave aroma a flores de su pelo–. Ahora empieza a tener sentido. Le has manejado como una hembra maneja a un garañón, dándole pistas de lo que podría tener si se portaba bien.

–¡Estás loco! Nunca...

Se interrumpió cuando le agarró el pecho. La palma era áspera; cuando el pulgar acarició el pezón, se echó para atrás... Y sintió una oleada de calor líquido en la parte baja del vientre.

El frío, pensó, era el frío, tenía que ser eso, eso y el miedo.

–La cuestión es que Dougie no sabía cómo manejarte –una sonrisa se dibujó en la boca de su captor–. Pero yo sí.

De pronto, Matthew dio un paso atrás. Mia se balanceó y agarró los extremos del cinturón del albornoz e intentó atarlos.

–Vístete. Rápido, o lo haré yo.

Mirarlo a los ojos era como mirar un glaciar. Nada de sentimientos, sólo fuerza.

Matthew fue hasta una silla y se sentó. Cruzó los brazos y cruzó las piernas. Se fijó, como si tuviera importancia, en que llevaba botas al estilo del Oeste.

Mia esperó. Lo mismo hizo él. Finalmente, se dio la vuelta y empezó a dejar caer el albornoz.

Capítulo 3

EL albornoz cayó hasta el final de la espalda y ahí se detuvo.

Incluso desde esa perspectiva, Matthew podía ver que era muy bonita. Su piel era oro pálido, el pelo una cascada de chocolate con toques castaños a causa de la luz que entraba por la ventana.

Podría haber sido una pintura de Monet o de Renoir: *Mujer vistiéndose*. Un lienzo que admirarían miles de personas en cualquier gran museo.

Tenía una pequeña marca de nacimiento en un hombro, y otra, cinco o seis centímetros más abajo. Le gustaría apoyar la boca en la primera y recorrer con besos el camino hasta la segunda.

Recorrer con besos su espalda hasta la delicada hendidura de su base. ¿Qué sabor encontraría si llegaba con su lengua hasta allí?

¿Qué haría ella si se acercara en ese momento, la agarrara de los hombros y la besaba en el cuello? ¿Se recostaría en él? ¿Cerraría los ojos mientras le quitaba del todo el albornoz, descubría sus nalgas y se apretaba contra ella para que pudiera notar la potencia de su erección?

¡Diablos! No era un mirón. Desnudar a una mujer era un placer para un hombre. Lo mismo que mirarla a la cara mientras se desnudaba. Aquello era un trabajo. No tenía otra opción que mirarla...

Matthew respiró hondo. ¿A quién quería engañar?

Mirarla lo estaba encendiendo. ¿Cuánto hacía que no estaba con una mujer? Demasiado, era evidente...

Mia buscó algo en la cama. El movimiento hizo que su cuerpo se arqueara, apuntándolo con las nalgas. Ah, ¡se iba a volver loco! Pero tenía que mirarla. No había hecho un registro exhaustivo y podía tener un arma escondida. Bien, había encontrado lo que estaba buscando.

Se enderezó y se puso las bragas, utilizando el albornoz como pantalla.

Lista.

«No tan lista», murmuró una voz interior. Daba igual lo que hiciera, al final tendría que quitarse el albornoz. Cruzó los brazos. Volvió a mirarla.

Era evidente que estaba disfrutando, mirándola. Era una mujer nacida para excitar a un hombre. Podía cerrar los ojos y ver su rostro de aspecto inocente, sus pechos redondos, la suave piel que bajaba hasta la exquisita espiral de oscuros rizos que había vislumbrado antes.

Casi sintió pena por Hamilton. ¿Quién podía resistirse a semejante hechicera?

Ella se había quedado completamente en silencio. Cada centímetro de su cuerpo estaba en tensión. Era el momento de la verdad. Tenía que dejar caer del todo el albornoz para poder terminar de vestirse.

–Al menos podrías darte la vuelta –dijo ella.

–No –dijo fríamente.

Murmuró algo que Matthew no pudo oír. Matt reprimió una risita; tenía que reconocer que tenía agallas. Pasaron un par de segundos y dejó caer el albornoz. Se le secó la boca. Se había puesto una de esas bragas de algodón blanco.

Las mujeres que conocía usaban seda y encajes. A él eso le gustaba. El tacto suave del tejido. La transparencia del encaje. Le gustaba el negro y el escarlata, colores que contrastaban con la delicadeza de la piel.

El algodón era para las camisetas y los pantalones y... ¿cómo podía estar tan sexy con esas bragas de algodón? ¿Sería su sencillez, la certeza de que lo que ocultaban eran lo más dulces secretos de su cuerpo?

¿Qué pasaría si se acercara por detrás, le mordiera suavemente en el hombro y deslizara la mano dentro de aquel algodón, envolviera con los palmas la suave piel de las nalgas mientras los dedos buscaban los delicados pétalos que envolvían su feminidad?

Maldición, si seguía así acabaría teniendo un problema.

Buscó algo más en la cama. Un sujetador. Se lo puso y lo abrochó. Bien. Podía volver a respirar. Después se pondría la camiseta... En lugar de eso se llevó las manos a las copas y, aunque no podía ver lo que hacía, se lo podía imaginar. Estaba haciendo eso que hacen las mujeres. Colocarse los pechos dentro del sujetador. Tocar la suave piel que él anhelaba acariciar, degustar... Se puso de pie de un brinco.

—Deprisa —dijo con frialdad—. Recoge el resto de tu equipaje, y pronto.

Se puso unos pantalones blancos de algodón, una camiseta gris claro, unos zapatos y se dio la vuelta completamente vestida. Tubo que apretar los dientes para no ir hacia ella y tumbarla en la cama. Era la situación, tenía que ser eso. Peligro, riesgos, lo desconocido... Añade una mujer de buen ver y acabarás bien caliente.

Algo de color había vuelto a la cara de Mia. La prefería asustada, sería más fácil de manejar y más rápido averiguar lo que quería saber.

—Ven aquí.

–Pero has dicho... –dijo, señalando la maleta.

–Sé lo que he dicho. Ven.

Fue hacia él despacio, mirándolo a los ojos. ¡Vaya ojos enormes, del color del café, aunque había algunas trazas de verde y oro en el iris!

–Apoya las palmas de las manos en la pared y abre las piernas.

–¿Qué?

–¿Tienes algún problema de audición? Apoya las manos y abre las piernas.

La boca empezó a temblarle. Matthew estuvo a punto de decirle que lo olvidara: la había visto desnuda, sabía de sobra que no llevaba una pistola...

Pero aquello no era por las armas, era por mantener el control.

–Venga –conminó.

Se dio la vuelta. Apoyó las manos en la pared. Dio un paso atrás... y, claro, separó las piernas.

Matt se acercó. Le agarró los pechos. Se aseguró de tocarla de un modo impersonal, pero ella saltó como si la hubiera rozado con un hierro al rojo.

–Estate quieta.

–¡No! –se volvió hacia él–. No puedes hacer esto. No tienes derecho.

–Te equivocas, nena, tengo todo el derecho.

–¡Y una mierda!

Matthew sonrió. Sacó la pistola de la funda que llevaba detrás y vio cómo se le abrían los ojos cuando se la enseñaba.

–Esto me da todos los derechos. Así que date la vuelta y apoya las manos en la pared.

–Eres un cerdo –dijo con la voz llena de desprecio.

–Ahora sí me has roto el corazón –dijo, y la puso de cara a la pared.

Pasó las manos por encima de ella deprisa, de modo experto, revisando el vientre, las piernas hasta los tobillos y después subiendo por la parte interior de los muslos.

Dudó un momento. Después metió la mano entre las piernas y la palpó. Mia hizo un ruido de desagrado. Matthew se imaginó qué haría para transformarlo en uno de deseo. Todo lo que tenía que hacer era mover la mano. Acariciarla. Lo odiaba, sí, pero el recuerdo del beso le decía que ella respondería a lo que le hiciera. Sería mil veces más fácil de manejar si le hacía el amor.

Matthew cerró los ojos. Una de las razones por las que había dejado la Agencia había sido porque sabía que estaba perdiendo la capacidad para separar lo que estaba bien de lo que estaba mal. ¿Podía en veinticuatro horas volver a ser el hombre que fue? No. Imposible. Lo que estaba haciendo estaba bien. Mia Palmieri traficaba con droga. Cualquier cosa que tuviera que hacer para detenerla, lo haría.

Dio un paso atrás.

—Muy bien —dijo bruscamente—. Date la vuelta.

Se dio la vuelta y lo miró con unos ojos duros y fríos como el ámbar. Bien. Desde ese momento en adelante, se comportaría. Todo lo que tenía que hacer era decidir qué hacía con ella.

Hamilton sólo le había encargado averiguar qué le había pasado. Bueno, ya lo había averiguado. Había huido. En teoría podía dejar que siguiera huyendo. Pero no si llevaba un alijo de cocaína pura. Había dedicado mucho tiempo a combatir el narcotráfico como para permitirlo. Alita había muerto por ello. Dejar que se fuera no era una opción si estaba metida en líos de droga.

Si encontrara el alijo... bueno, eso abriría otras posibilidades. Podía arrojarlo al retrete y dejar que se fuera. No era policía. Ni siquiera era ya un espía. No tenía obligación de entregarla a la justicia.

Si estaba huyendo del cártel... ¿qué pasaba entonces? Tirar la droga y dejarla marchar... la gente del cártel la encontraría, pero ése no era problema suyo. Era un problema de Hamilton. De la mujer de Hamilton. ¿Por qué pensar en eso le provocaba un nudo en el estómago?

Matthew frunció el ceño. Lo primero era lo primero. Si llevaba coca, tenía que encontrarla. Después decidiría qué hacer.

–¿Has hecho el equipaje?

Cerró la maleta de un golpe.

–Sí.

–Escucha con atención porque no quiero ningún error. Voy a abrir la puerta. Vamos a bajar las escaleras juntos, con mi brazo alrededor de ti. Vamos a parecer los amantes más felices del mundo.

–¿Adónde vamos?

–A donde yo diga –hizo una pausa–. ¿Estás segura de que no olvidas nada?

–Segura –asintió.

–Porque si lo has olvidado, considéralo perdido.

–Te he dicho que no se me olvida nada.

Bien. La droga no estaba en la habitación. Nadie, no importa el miedo que tenga, abandona un buen alijo. La agarró de la muñeca. Trató de soltarse, pero él le pasó el brazo por los hombros.

–Amantes, ¿recuerdas? Romeo y Julieta.

–Romeo murió –dijo con una sonrisa forzada.

La respuesta hubiera sido decirle que Julieta también, pero no dijo nada.

Una mano en la cintura de ella y la otra cerca de la pistola mientras bajaban las escaleras y salían a la calle. Había un café al otro lado.

–Desayunemos –dijo él.

Lo miró como si estuviera loco. A lo mejor lo estaba, pero si no comía algo pronto, se desmayaría.

La cafetería olía a aceite quemado de freidora, pero un café, un huevo frito y unas salchichas tampoco podían estar tan malos. Sí, podían. Después de un par de bocados, apartó el plato. Mia sólo había pedido café, y había sido lo más inteligente.

Después de la segunda taza, Matthew se inclinó sobre la mesa.

–¿Has recuperado el juicio?

–¿Sobre qué?

–Sobre que aparezca lo que robaste.

–Te he dicho que no sé de qué me hablas.

–No seas estúpida –dijo, cortante–. Piensa en lo que pasará si no eres sincera conmigo.

Se puso pálida, pero no respondió. Matthew sacó algo de dinero del bolsillo, lo dejó en la mesa y se puso de pie.

–Vámonos –murmuró.

La agarró del brazo y la llevó a su coche.

–Ábrelo –le ordenó.

–Sea lo que sea lo que buscas... no lo tengo. Da lo mismo lo que me hagas.

–Abre el maldito coche.

Sacó las llaves del bolso, abrió la puerta y la empujó dentro.

–Siéntate –ordenó Matthew.

Cuando obedeció, le quitó las llaves, se sentó al volante y quemó las ruedas al salir del aparcamiento. Veinte minutos después, encontró la clase de sitio que buscaba: un desvío que llevaba a través de un bosquecillo hasta un lago. Había botellas de cerveza vacías por todas partes, pero parecía como si allí no hubiera habido nadie en mucho tiempo.

–Sal del coche.

No se movió. La sacó del coche y se quitó el cinturón. Se le llenaron los ojos de lágrimas. Empezó a temblar. Matthew esperó que le suplicara, pero no lo hizo. Tenía valor, eso había que reconocérselo. Le pasó el cinturón por las muñecas y la arrastró hasta un árbol.

–Piensa lo que estás haciendo –dijo ella–. Matándome no resolverás nada.

La miró, sorprendido. Iba en serio. ¿Quién se pensaba que era él? ¿Alguien del cártel a pesar de que le había dicho que lo enviaba Hamilton?

Podría decirle la verdad. Decirle que no tenía nada que ver con el cártel y que no iba a matarla... pero si eso era lo que ella creía, le dejaría creerlo. Su temor la haría dócil.

–Haré lo que tenga que hacer –dijo Matthew con frialdad.

Después, sólo porque su mirada le recordó la vida que una vez había llevado, se acercó a ella y le dio un beso en la boca. Una boca suave que temblaba de miedo y estaba húmeda por las lágrimas. Un destello de deseo lo recorrió. Matthew maldijo de nuevo, dio un paso atrás y aseguró el cinturón al árbol.

–Pórtate bien –dijo, cortante–. Si lo haces, saldrás mejor de todo esto. Una vez más, la última: ¿dónde está?

No respondió. Matthew sacudió la cabeza, fue hacia el coche y empezó a registrarlo sistemáticamente. Lo primero, los lugares más lógicos: guantera, salpicadero, maletero.

Nada. El relleno de los asientos fue lo siguiente. Los rajó con su navaja. Después la rueda de repuesto. Sacó todo fuera del maletero.

Nada todavía. Había más sitios donde esconder droga. Dentro de los paneles de las puertas. Compartimentos secretos en el suelo, pero era un coche de alquiler. No tendría compartimentos secretos, y ella no había tenido tiempo para desmontar las puertas.

Matthew apoyó las manos en las caderas y dedicó una larga mirada el revuelto vehículo. Volvió a meter todo en el maletero. Después se acercó a Mia. Tenía que atemorizarla, pero ¿cómo?

Con la cárcel. Una cárcel colombiana. Las que había visto eran peores que perreras. ¿Lo sabría ella? Sí, seguro que sí.

—De acuerdo —dijo con tono decidido—, ya está. He hecho lo que he podido. No me dejas otra elección. Te llevaré de vuelta.

—¿De vuelta? —se puso pálida—. ¿Con Hamilton?

No era la respuesta que esperaba, pero lo que vio en sus ojos le animó a seguir por ahí.

—Claro. Es quien me contrató para encontrarte.

—No —dijo en voz baja—. Por favor. No lo hagas —levantó la cabeza y lo miró a los ojos—. No sé quién eres —susurró—, ni lo que piensas que he hecho, pero te lo ruego, no me lleves de vuelta con él.

Parecía aterrorizada. Matthew se dijo que eso no importaba, seguro que era una gran actriz, sólo había que ver cómo había engañado a su amante.

—¿No quieres que te lleve de vuelta? Muy bien, entonces dime dónde está la droga.

—¿La qué?

—Venga, nena. La coca. Dime dónde la escondes y te dejaré ir. Lo que suceda entre el coronel y tú es tu problema. La droga es el mío.

—¡No tengo droga! Es una locura. Has registrado mi habitación, mi coche —el carmesí tiño sus mejillas—. Incluso me has registrado a mí. Si llevara coca, la habrías encontrado.

Tenía razón, pensó.

—Entonces, ¿por qué huyes?

—Ya te lo he dicho. Douglas no me hubiera dejado poner fin a nuestra relación.

—Muy bien —dijo Matthew con frialdad—. ¿Qué va a

hacer? ¿Encerrarte en tu habitación y tirar la llave?
–Mia apartó la mirada, pero la agarró de la barbilla y la
obligó a mirarlo–. Tenías agarrado el viejo Douglas
por las pelotas. Habitaciones separadas, nada de sexo...
–hizo una pausa–. Tengo razón, ¿verdad? Nada de
sexo.

–Yo... yo...

–Responde a la pregunta, maldita sea. ¿Dormías
con él?

El mundo, el tiempo, parecieron detenerse. La
miró a los ojos y esperó, esperó...

–Claro que dormía con él –dijo ella–. Era mi prometido, ¿por qué no iba a hacerlo?

–Sí –dijo Matthew, aclarándose la voz–. Sí –repitió–. Te imagino diciendo al pobre desgraciado hasta
dónde podría llegar.

–¿Insultar a una mujer te hace sentir bien?

Tenía que dar crédito a lo que decía. Estaba muerta
de miedo, pero estaba decidido a averiguarlo todo.

–Quiero saber por qué huiste.

–Ya te he dicho que Douglas no...

–Y una mierda –cortó sin rodeos–. Huiste porque
habías conseguido algo que no era tuyo.

–Yo no me he llevado nada –dijo, pero estaba mintiendo.

Matthew lo notó por la súbita contracción de sus
pupilas y, en ese momento, se dio cuenta de que lo habían arrastrado a un juego en el que la única regla era
sobrevivir.

La desató y la metió en el coche de un empujón.
Se sentó al volante y arrancó. Se deshizo del vehículo
a unos doscientos metros del hostal.

–¿Qué haces? –preguntó Mia mientras la metía a
empujones en el todoterreno–. ¿Quién eres? ¿Qué
quieres de mí?

–Un par de minutos de silencio, para empezar.

–¡No! Responde a mi pregunta. Dime quién eres y lo que quieres.

De forma involuntaria sus ojos fueron de su rostro a sus pechos. Mia se ruborizó, y Matthew se dio cuenta de que se estaba acordando de lo que había pasado en el hostal. Diablos, él también.

–Apréndete esto –dijo fríamente–: yo hago las preguntas, tú respondes.

–Tengo derecho a saber tu...

Mia gritó cuando la agarró por los hombros.

–No tienes derechos, nena. Lo único que necesitas saber es que voy a averiguar por qué huiste y lo que has robado. Dónde ibas...

Sonó el teléfono móvil de Matthew. El sonido le sorprendió. Sus hermanos sabían que estaba en el extranjero, así que no le hubieran llamado de no ser absolutamente necesario, y muy poca gente más tenía su número.

Soltó a Mia. Se recostó en el asiento, sacó el móvil del bolsillo y lo abrió.

–¿Sí?

–Señor Knight.

Era el coronel. Matthew recordó que le había dado su número.

–¿Sí?

–Espero que esté haciendo progresos en la búsqueda de mi prometida.

Una palabra a Hamilton y aquello habría terminado. Ni siquiera tendría que volver a Cartagena. El coronel no tendría ningún problema en mandar a alguien allí a por la chica.

–Señor Knight, ¿no tiene cobertura? Le he preguntado si había algún avance.

–Le he oído, coronel.

–Bueno, ¿lo hay? ¿Ha encontrado a Mia?

Matthew miró a la mujer.

–No –dijo tranquilamente–, no.

Cerró el teléfono, lo volvió a guardar en el bolsillo y arrancó el Escalade. Después, en lo que a lo mejor era el acto más ilógico de su vida, se inclinó sobre ella y le dio un largo beso. Momentos después, el hostal y el pueblo quedaron atrás, ocultos entre una nube de polvo y hojas.

Capítulo 4

AQUEL hombre la trataba como si estuviera loco. Pero bueno, ¿por qué no? ¿No eran todos los asesinos unos locos? Y eso era él, un asesino. «Encontrarla» era un eufemismo.

Mia lo miró de soslayo. Había conocido asesinos antes. Hombres que aparecían en la casa de Hamilton por la noche. Ninguno había dicho: «Hola, estoy en nómina del cártel como pistolero», pero ella sabía que lo eran.

La mayor parte de ellos tenía el aspecto de que quitar una vida les preocupaba tanto como matar una mosca.

Su raptor no era así. Tenía buena presencia. De hecho era guapísimo y al tiempo completamente masculino. Recordaba a la estatua de David que había visto en un viaje a Florencia el último año en la universidad...

O a un enorme gato. Eso era exactamente lo que era. Un poderoso depredador. No había perdido el tiempo en demostrárselo a ella. El modo en que le había tratado... haciéndola permanecer desnuda ante él. Mirándola vestirse. Tocándola. Sus manos.

Una descarga eléctrica le recorrió el cuerpo. Tocarla tan íntimamente. Acariciarle los pezones. Pretender que estaba cacheándola y acariciarle los pechos. Tocarla entre los muslos.

Se estremeció.

Había odiado todo aquello. Lo había odiado a él... Se había odiado por responder. Por haber deseado gemir tanto como llorar. Por haber deseado cerrar los ojos, recostarse, sentir su fuerte cuerpo aguantando su peso, perderse entre sus brazos, buscar su boca...

Mia apartó aquellos pensamientos y miró por la ventanilla.

Sabía por qué le había pasado todo eso. Era todo a causa del poder. Dominación. Porque había dejado claro quién mandaba. Incluso sabía... cerró los ojos y volvió a abrirlos. Sabía por qué había tenido esa loca reacción cuando la había tocado.

En situaciones de alta tensión, como aquélla, el miedo habría la puerta a sentimientos más oscuros. Una especie de vínculo entre secuestrador y cautiva.

Aquello podía beneficiarle a él al convertirla en su cómplice. O podía beneficiarle a ella.

A no ser que hubiera interpretado mal las señales, se sentía atraído por ella. Tragó con dificultad. La falsa modestia era una estupidez. Estaba más que atraído. La deseaba.

A lo mejor sexo y violencia ocupaban el mismo lugar en su cabeza. Saberlo, entenderlo, podía darle poder sobre él. Podía utilizar su deseo. Manejarlo, incluso seducirlo si era necesario.

Y seguramente sería lo que tendría que hacer, porque si la llevaba a Cartagena...

Si lo hacía, estaría muerta. Hamilton la querría muerta. Lo que había sospechado sobre él, la hacía peligrosa. Lo que había descubierto y se había llevado antes de irse, hacía que tuviera que eliminarla. Al menos, con ese hombre podía tener alguna posibilidad.

Mia se aclaró la garganta y miró a Matthew.

—Te equivocas, ¿sabes?

La miró.

—¿De verdad?

Mia asintió con la cabeza.

–Sabes mi nombre. Me gustaría saber el tuyo.

–¿Quieres decir que he sido maleducado? –dijo en tono jocoso y luego, para sorpresa de ella, asintió–. ¿Por qué no? Me llamo Matthew, Matthew Knight.

–¿Y trabajas para...?

–No trabajo para nadie.

–Eres un contratista privado.

Algo en el tono con que hizo esa afirmación, hizo a Matthew ponerse en guardia. Era una extraña elección de términos.

–Estás intentando decir que estoy aquí por hacerle un favor a tu novio.

–No es mi novio.

–Disculpa. Tu prometido.

Iba a decirle que se equivocaba, pero ¿para qué molestarse? Iba a pensar lo que quisiera.

–Pensaba que eras colombiano; hablas español como un nativo.

–No pierdas el tiempo tratando de halagarme.

–Era sólo un comentario.

Esperó, pero él siguió en silencio. Pasó un rato y volvió a intentarlo.

–¿Eres estadounidense?

–La última vez que lo comprobé, Dallas seguía en Estados Unidos.

–¿Cómo conociste a Douglas?

–A través de un conocido común.

Su decisión de permanecer fría y tranquila se evaporó.

–Maldita sea, ¿no puedes decir nada que tenga sentido?

Matthew la miró.

–El cielo está azul –dijo en tono amable–. No hay ni una nube.

¡Sería idiota!

—Al menos dime adónde me llevas.

—Ya te lo he dicho. A un lugar tranquilo donde podamos hablar.

¿Una cueva? ¿Una cabaña en las montañas? ¿Un lugar donde nadie pudiera oírle gritar?

Respiró hondo, y dijo:

—Si me dejas ir... —tragó con dificultad—. Si me dejas, nadie tiene por qué saberlo.

—Yo lo sabría. Y tu novio también.

—Ya te he dicho que no es mi novio.

—Pues díselo a él.

—Además, él no lo sabría. Yo seguro que no se lo diría. Ni tú tampoco.

—¿Y qué me darías si te dejara escapar?

El corazón de Mia empezó a latir a toda velocidad.

—¿Qué querrías?

—No sé, nena —su voz se tornó grave—. Eres tú quien tiene que hacer la oferta.

No podía ofrecerse a él. Aunque, ¿no era eso lo que ella misma había pensado?

No. No podía hacerlo. Mia respiró hondo.

Aunque... acostarse con él podría ser increíblemente excitante. Él no le haría daño. No en la cama. Por muy loco que estuviera, no lo haría. Qué le haría, cómo le haría sentir, podía ser peligroso, pero por la forma en que se le estaba espesando la sangre, estuvo segura de que sería placentero.

Y él llevaría la iniciativa. Desde que lo había visto se había dado cuenta de cómo mantenía el control. ¿Cómo sería hacerle perder ese control? ¿Hacer que se olvidara de sí mismo entre sus brazos?

—Bueno, estoy esperando.

Mia se pasó la punta de la lengua por los labios repentinamente secos.

—Podría... podría pagarte.

Matthew sonrió.

–¿Cuánto?

–¿Cuánto quieres?

–Oh, no lo sé. Déjame pensar. ¿Qué tal mil millones de dólares?

Rió mientras el rubor teñía las mejillas de Mia.

–Te crees que esto es divertido.

–No puedes comprarme, Mia. No pierdas el tiempo intentándolo.

No era estúpido. No podía olvidarlo, lo mismo que tenía que recordar que él era una masa de músculos mientras que ella era una agente entrenada. Una agente medio entrenada, pensó, y ahogó una risa histérica.

–Podrías decirle a Douglas que escapé.

–¿De mí?

Le dedicó una mirada de incredulidad. ¡La típica arrogancia de los hombres!

–Sí –dijo Mia–. De ti.

–Nadie lo creería.

Una colina se alzaba delante de ellos asomando entre árboles que parecían llevar allí cientos de años. Matthew giró con el Escalade, y un valle se abrió ante ellos. Árboles enormes. Exuberantes helechos. Un retazo de azul zafiro. Y una casa. Grande. Irregular. Una casa que parecía toda de cristal.

–¿Es aquí? ¿El sitio del que me hablabas?

No hubo respuesta. Sintió un nudo en la garganta.

–¿Es?

–Estate sentada y relájate.

–Pero... ¿dónde estamos?

–Donde nadie pueda molestarnos –dijo en un tono plano.

La carretera del valle no había cambiado. Estrecha. Sinuosa. Un impresionante barranco a un lado y una pared verde al otro. Matthew había quedado enamorado de ese lugar desde la primera vez que lo vio, hacía tantos años. Había pasado allí un largo fin de semana, cortesía de algún pez gordo del Ministerio de Defensa que se lo debía.

–Mi esposa es colombiana. Heredó el sitio de su tío –había dicho el tipo–, pero voy a deshacerme de él. Maldita sea, está en el medio de ningún sitio.

Eso era lo que le había gustado a Matthew. Un virtual enemigo podía encontrarte en cualquier sitio, pero allí era diez veces más difícil.

Además, estaba la belleza primitiva del bosque, el sonido del río y el idílico estanque oculto en un claro que parecía no haber sido pisado jamás por un ser humano.

Una vez en casa y viendo la Agencia como un mal recuerdo, con dinero procedente de su nuevo negocio, había llamado al tipo y le había preguntado si seguía interesado en vender. Lo estaba, y habían llegado a un acuerdo.

En aquella época cualquier precio le hubiera parecido bien, seguía despertándose en medio de la noche con las imágenes del cuerpo de Alita. Había pensado que comprar aquella casa sería una forma de conjurar sus demonios. Nunca había llegado a saber si era cierto. Volver a Colombia se volvió tan absurdo como volver a una pesadilla. Sin embargo, en ese momento, el valle parecía el único sitio seguro.

Algo iba mal. Nadie le había dicho la verdad. Te acostumbras a eso cuando te mueves en las cloacas, pero ya no estaba en ese mundo. El coronel le había pedido que encontrara a su prometida. Bastante sencillo, al menos eso le había parecido. Pero la chica insistía en que no era su prometida, y el coronel estaba más preocupado de dónde estaba la chica que de lo que hubiera podido pasarle. Luego estaba Mia. ¿Cómo se había metido en el tráfico de drogas? ¿Por qué había huido? Si la respuesta hubiera sido la cocaína, la habría encontrado.

Y, finalmente, la pregunta del millón: ¿cómo, después de todo eso, podía pensar en meterse en la cama con Mia Palmieri?

Matthew detuvo el vehículo frente a la puerta del garaje. Quitó las llaves del contacto, buscó la de la puerta y salió del coche.

—Final de trayecto —dijo—. Todo el mundo fuera.

Mia ni siquiera parpadeó. Se quedó quieta con las manos en el regazo y la mirada perdida. ¿Iba a ser cada paso una batalla?

Matthew dio la vuelta al todoterreno y abrió la puerta de ella.

—El trato es éste: sales del coche y caminas o te saco de un tirón y de llevo a cuestas. Dado que estoy cansado, tengo hambre y me estoy meando, no voy a ser especialmente delicado, pero bueno, la decisión es tuya.

Casi se echó a reír al ver la mirada que ella le dedicó, pero no era estúpida. Se soltó el cinturón de seguridad y se bajó del coche. Matthew le ayudó.

—No querrás hacerte daño, ¿verdad? —dijo con una sonrisa forzada.

—Gracias por tu preocupación.

Sus palabras fueron como cuchillas, pero era lo que esperaba de ella. Tenía que cambiar eso. Se dedicaría a idear cómo hacerlo, pensó, y se acercó más a ella y la besó.

No era la clase de beso que un hombre le da a una mujer que le derrite el corazón, era de la clase que un hombre da a una mujer que quiere dominar. Fue un beso salvaje.

Mia reaccionó, como él preveía, con miedo. Se retorció entre sus brazos, lo golpeó con los puños, pero sólo consiguió que la lucha hiciera que sus pechos y caderas se apretaran aún más contra su cuerpo. De algún modo, Mia se las arregló para liberar su boca el tiempo suficiente para respirar y llamarle algo que raramente había oído en labios de una mujer.

El insulto estaba aún en los labios cuando volvió a fundir su boca con la de ella. Cuando terminó el beso, sólo pudo agarrar su rostro con las dos manos, levantarla hacia él, mirarla a los ojos y buscar en ellos lo que quería, su desesperación y rendición. Pero lo que vio en ellos fueron las lágrimas de una mujer asustada. Bien, pensó salvajemente. Así la quería. Asustada. Sin esperanza. Lista para decirle todo lo que quería saber...

Y entonces, dejó de pensar y volvió a besarla. Suavemente, con dulzura...

En un instante, todo cambió. Mia empezó a temblar, pero de un modo que él entendía. Se agarró a los hombros y se levantó hacia él abriendo los labios ante la ligera presión de los de él. Hizo aquel sonido que casi logró que se le doblaran las rodillas la otra vez, y le dejó entrar en el suave terciopelo de su boca.

Estaba perdido. Perdido en el calor, en su dulzura. En la sensación de que estaban solos en el planeta, de que no importaba nada más.

Matthew separó la boca de la de ella. ¿Qué estaba haciendo?

La agarró de los hombros. La apartó de él. Respiraban como si hubieran corrido un kilómetro.

–Sigue ofreciendo, nena –dijo con voz grave–, y antes o después, acabaré aceptando –se quedó pálida, y la agarró de la barbilla hasta que lo miró a los ojos–. Estás jugando con fuego, pequeña. Si te quemas, no me eches la culpa.

Mia siguió a su secuestrador al interior de la casa tan obediente como un perro atado. No tenía otra opción. Evidentemente no era tan buena seduciendo a un hombre como ella creía. Un beso y él se había dado cuenta de lo que pretendía... Porque... porque la verdad era que había pasado de resistirse a él a desearlo en un instante. Su reacción no era la planeada. Simplemente había sucedido. Su boca había resultado ser tan suave, su sabor tan delicioso. Limpio y masculino y... y, de acuerdo, si era sincera, incluso cuando la había besado a la fuerza, incluso cuando se resistía... Incluso en esos momentos, lo deseaba. Sentía su cuerpo ardiendo con una mezcla de necesidad y calor en el vientre y en los pechos que nunca había experimentado antes. Había deseado que la tomara en brazos, la metiera en la casa, la apoyara contra una pared y la poseyera hasta hacerla sollozar su nombre...

–¿... café?

Parpadeó confusa. Sólo se había enterado del final de lo que le había preguntado. ¿Tenía que contestar? Se humedeció los labios, y dijo:

–No te... no te he oído.

–He dicho que hay una cocina al final del pasillo. ¿Sabes preparar café o tu utilidad empieza y termina en la cama?

Era la segunda vez en pocas horas que quería saltar sobre él y arañarle la cara, golpearlo con el puño, pero sabía que eso no contribuiría a mejorar las cosas. Era demasiado grande y fuerte.

Además, estaba agradecida por lo que acababa de decir. Era la prueba de que sus fantasías sexuales con semejante hijo de perra eran una locura completa.

–Me tomaría una taza de café. Dime dónde está la cocina y prepararé algo. Además, puede que tengas suerte y quede algo para ti.

Matthew torció el gesto..

–Al final de ese pasillo. A la derecha. El café está

en la nevera, el azúcar en el armario al lado de un par de botes de leche.

–Muy bien. Ah, sólo una cosa más –dijo con una dulce sonrisa–. ¿Dónde guardas el raticida? No me gustaría hacerte esperar mientras lo busco.

–Sigue así –dijo con suavidad–, a ver cuánto puedes tensar la cuerda antes de que se rompa.

–Estoy segura de que seré capaz de darme cuenta antes de que ocurra. El humo saliendo de tus circuitos será la prueba.

Parecía un buen camino, y decidió seguir por él, un estremecimiento en un punto entre los hombros le hizo pensar que Matthew iría tras ella, pero no lo hizo. Incluso creyó que le oía reírse, pero tenía que ser un error.

Encontró la cocina con facilidad. Una sala enorme y brillante llena de acero inoxidable y toda clase de aparatos. El café estaba donde había dicho, lo mismo que el azúcar y la leche.

¿De quién sería esa casa?, se preguntó mientras contemplaba cómo goteaba el café del filtro. Se acercó a una puerta de cristal que daba a una gran terraza rodeada de arbustos llenos de flores.

Un lugar tan hermoso no podía pertenecer a un hombre que era un asesino. Porque eso era Matthew Knight. La había llevado allí para que estuvieran solos. Así podría hacerle cualquier cosa que se le ocurriera para sacarle la verdad. Mia se estremeció.

¿Qué estaba haciendo preparando café? La había dejado sola. Todo lo que se interponía entre ella y la libertad era una puerta de cristales...

–Ni lo pienses.

Se dio la vuelta. Estaba justo detrás de ella. ¿Cómo podía ser tan silencioso un hombre de su tamaño?

–Las puertas y ventanas están controladas por un circuito de seguridad. Toca una y se cerrarán todas, además saltarán tantas alarmas que no tendrás ni la más remota posibilidad de escapar –dibujó una sonrisa rápida y cortante–. En otras palabras, estás atrapada.

Atrapada. La palabra era amenazadora, pero no pensaba dejarle saber el miedo que sentía. Se alejó de él y fue a por la cafetera.

–Estoy impresionada –dijo como si realmente todo aquello no le afectara–. Un sistema de seguridad puntero, todo este terreno... ¿De quién es esto?

–Mío.

La sorpresa debió de notársele en la cara.

–¿Quieres ver la escritura? Es mío, nena.

–No me llame así. ¿Por qué estamos aquí?

–Te lo he dicho. Por la paz y...

–¡Maldita sea! –dijo Mia–. ¡Deja de jugar conmigo! Sea lo que sea lo que me vayas a hacer, hazlo de una vez.

La máscara que se había puesto, acababa de caérsele. Matthew pudo escuchar el miedo en su voz y verlo en sus ojos. Pensaba que iba a hacerle daño aunque estuviera limpia.

Durante un minuto de locura, estuvo a punto de acercarse a ella abrazarla y decirle que no importaba lo que hubiera hecho, que no iba a hacerle daño. Que no dejaría que nadie le hiciera daño... Pero la locura se pasó. Estaba traficando con droga. Era la mujer de otro.

Nada de ella era bueno, excepto la sensación de tenerla entre los brazos. Su sabor en los labios.

Sólo imaginarla entre los brazos de Hamilton, en su cama...

Cerró los ojos y respiró hondo un par de veces.

–Hablaremos después –dijo Matthew–. Ahora lo que quiero es cenar.

–¿Hablar? –dijo, alzando la voz–. ¿Hablar? ¿Es eso lo que quieres que crea? ¿Que me has traído aquí para tener una agradable y civilizada conversación?

En un instante estaba a su lado, atrayéndola hacia él, buscando la boca de ella con la suya y deslizando salvajemente las manos por debajo de su camiseta para acariciar sus pechos.

—Nada de lo que siento es civilizado —dijo con aspereza—. Y no me gusta. ¿Lo entiendes? Estoy harto de que trates de volverme loco, Mia. Deja de hacerlo antes de que me vea obligado a hacer algo al respecto.

—No —dijo ella casi sin respiración.

—¿No qué? —dijo mientras metía las manos en el sujetador y la oía gemir mientras le acariciaba los pezones—. ¿Que no haga esto? —siguió moviendo los dedos mientras ella trataba sin éxito de ahogar el grito que le subía a la garganta—. Te deseo, y tú me deseas a mí.

—¡No! Yo no.

Enterró los dedos entre su pelo y la besó sin piedad hasta que, finalmente, ella se rindió y gimió pronunciando su nombre entre escalofríos.

—Matthew —susurró—. Oh, Matthew...

Era la primera vez que pronunciaba su nombre, y el sonido resonó en su sangre.

Nadie había pronunciado nunca su nombre de ese modo.

—Dilo otra vez —cuando no lo hizo, la besó con fuerza, con la suficiente para reconocer el sabor salado de la sangre, la suya o la de ella, daba igual, todo lo que importaba era su olor, su sabor, su tacto—. Maldita sea —rugió—, di mi nombre.

—Matthew —susurró—. Matthew, Matthew...

Se estaba desmoronando entre sus brazos, besándolo, dejando entrar la lengua en su boca, buscando con sus manos bajo la camisa, frotándose contra su piel. La llevó hasta la encimera. Agarró el cuello de la camiseta y la rasgó hasta abajo. Inclinó la cabeza y mordió ligeramente un pezón cubierto por el algodón, y cuando ella gimió de placer, lo hizo de nuevo.

No era suficiente, necesitaba sentir el suave tacto de su pecho desnudo. Levantó la cabeza, unió su boca a la de ella, buscó el cierre del sujetador, hizo un ruido de fastidio y lo rompió en dos trozos. Sus pechos eran bonitos. Redondos como manzanas y del color de la crema.

–Eres preciosa –susurró, tomando sus pechos con las manos y pasando la lengua primero por un pezón y luego por el otro–. Nunca he deseado a una mujer como te deseo a ti.

Mia temblaba entre sus brazos, apretaba sus caderas contra él.

Matthew le agarró una mano y la colocó donde pudiera apreciar su erección. Un suave gemido y agarró el tejido que contenía su hinchada carne. Por un segundo Matthew se asustó y pensó que iba a llegar simplemente por aquel gesto, por ese quejido de deseo femenino.

–Matthew –dijo, desesperada–, por favor...

Le fallaron las rodillas y la sostuvo con su abrazo. La levantó y volvió a recuperar su boca, mordiéndola en el labio inferior, saboreándola mientras deslizaba la mano entre los muslos, en aquel lugar dulce y secreto que había entre sus piernas.

Separó la boca de la de ella y la miró a los ojos.

–Dímelo –dijo con voz ronca.

Mia separó los labios, pero las palabras que él quería escuchar no llegaron. En un rincón de su mente Matthew supo la razón: aquello era una locura, no debería estar sucediendo...

–Dímelo –exigió.

Un temblor recorrió el cuerpo de Mia. Le puso la mano en la mejilla, y dijo:

–Por favor –susurró–. Matthew, por favor... Lléva-me a la cama.

Una sensación de triunfo masculino recorrió sus venas. Echó a andar con ella en brazos mientras Mia lo agarraba del cuello e intentaba apoyar la cabeza en su hombro, pero no le dejó, volvió a besarla hasta que sus bocas se fundieron por la pasión. En ese instante, la alarma de seguridad saltó.

Capítulo 5

EL sonido de la alarma trajo a Mia de vuelta a la
realidad. Se resistió al abrazo de Matthew. En
lugar de soltarla, la abrazó con más fuerza y la
llevó de prisa a una habitación llena estanterías de libros al final del pasillo. Una ligera presión de la mano
y una de las secciones de la estantería se abrió dejando ver una pequeña sala iluminada. La puso de pie.

–Hay un botón en la pared detrás de la puerta.
Hace que se cierre desde dentro. Aprieta el botón, deprisa.

–Pero...

–Nada de peros. Haz lo que te digo, y rápido –la
empujó dentro de la habitación y sacó el arma que lleva en el cinturón–. Cierra la puerta.

–No, Matthew...

La miró con los ojos más heladores que había visto
jamás.

–Lo único que serías es un estorbo.

Sin advertir las lágrimas que llenaban sus ojos, la
expresión de Matthew no cambió, pero se inclinó sobre ella y le dio un beso rápido y fuerte.

–¡Cierra! –dijo, dando un paso atrás.

Apretó el botón. La puerta, tan pesada como la de la
caja fuerte de un banco, se cerró apartándola del mundo
exterior y de la sirena de alarma. Un silencio enervante
la envolvió. Mia se abrazó a sí misma mientras le casta-
ñeteaban los dientes. ¿Qué estaría pasando fuera?

Apoyó la oreja en la puerta y sintió el beso del frío acero en la mejilla. Todo lo que podía escuchar era el sonido de sus propios latidos. Se echó para atrás.

¿Qué clase de habitación era ésa? Puerta y paredes de acero. Nada de ventanas. Un teclado electrónico, luces de todos los colores parpadeando. Un reloj que mostraba las horas del mundo, un montón de monitores, teléfonos móviles, algo parecido a un fax, otros aparatos electrónicos que no pudo identificar. Dos paredes estaban cubiertas por armarios. Los abrió y vio latas de comida, botellas de agua, material de primeros auxilios... Y armas. Pistolas, fusiles automáticos. Munición. Todo eso, además de la pistola que llevaba Matthew. El arma que llevaba con él cuando iba a hacerle el amor.

Empezó a temblar. ¿Por qué se sorprendía? Sabía lo que era, aunque lo hubiera olvidado unos minutos. Él no lo había olvidado.

«Lo único que serías es un estorbo».

Un escalofrío le recorrió el cuerpo. Tenía frío. Mucho frío. ¿Cuánto tiempo estaría atrapada en ese lugar? ¿Qué ocurriría si le pasaba algo a Matthew? El botón activaba el cierre, había dicho él, pero ¿y si algo iba mal? ¿Qué pasaba si no...?

Sonó algo en la pared. Mia miró alrededor y apretó la oreja contra la puerta. El sonido volvió a escucharse. Con una lentitud desesperante la puerta se abrió. Matthew apareció ante ella con las manos en las caderas y una mirada sin expresión. Ninguna herida. Nada que se pudiera apreciar. Era un error sentir semejante alivio. Un error desear lanzarse a sus brazos, pero estaba empezando a comprender demasiado bien las cosas tan extrañas que el estrés podía provocar que hicieras en situaciones como aquella.

–Puedes salir.

–¿Qué ha pasado? ¿Por qué ha saltado la alarma?

La expresión de su cara cambió. Pareció... ¿tímida?

–Ha sido un accidente. Evalina...

–¿Evalina?

–Sí. Evalina vio el Escalade entrar en la villa y decidió acercarse a ver si era yo, pero no le dio tiempo a introducir el código de seguridad en la alarma.

Evalina, pensó Mia, y se odió a sí misma por el ataque de rabia que la recorrió.

–Sabe que no he estado aquí desde... desde hace mucho, así que cuando vio el todoterreno...

–Estaba demasiado emocionada como para hacer las cosas bien –Mia se echó a andar–. Qué alegría para tu...

La mano de Matthew se cerró sobre el hombro de Mia.

–¿Qué pasa, nena? –su voz tenía un tono divertido–. ¿Celosa?

–Triste porque una mujer pueda estar tan contenta de verte que irrumpa en tu casa.

El rostro de Matthew se llenó con una sonrisa.

–Estás celosa.

–Ya quisieras.

–Evalina –dijo– es mi ama de llaves.

Su ama de llaves. La explicación hizo que sintiera un gran alivio, lo que sólo consiguió enfadarla más. ¿Por qué tenía que importarle?

–Viene cada semana y limpia la casa.

–No me importa lo que hace o lo que no.

–Tienes razón –dijo, volviéndola hacia él–. Si fuese mi amante, no lo ocultaría. Y ni siquiera te hubiera tocado.

Mia sintió que le ardía la cara.

–Un incidente desafortunado –dijo en tono duro.

–¿Que te tocara? –una sonrisa fría se dibujó en sus labios– ¿O que respondieras tú?

Supo por el fuego en sus mejillas que ella conocía la respuesta perfectamente. Pero se apartó de él. Le dejó hacerlo. Lo que había ocurrido antes era justo lo que ella había dicho, un incidente desafortunado, y estaba seguro de que no debía volver a suceder.

La mejor forma de asegurarse era mantener las manos lejos de ella.

—Supongo que querrás lavarte —dijo, señalando con la cabeza—. El servicio está ahí. Te esperaré.

—No hace falta que me esperes.

—Claro que sí —dijo con una sonrisa—. Un caballero siempre acompaña a una dama a cenar.

—¿Hay algún caballero aquí? No me he dado cuenta. Además, no tengo hambre.

—¿Te da miedo mi cocina? No te preocupes, Evalina está haciendo la cena.

—Te he dicho que no tengo hambre.

—Muy bien. Puedes sentarte y mirarme comer.

—No pienso hacerlo.

—Sí —dijo en tono serio—, lo harás. Te sentarás cuando me siente, caminarás cuando camine. Harás lo que yo haga o te ataré, te dejaré aquí y desactivaré el botón de apertura. Se llama una habitación segura —dijo, leyendo la pregunta en sus ojos.

—Bueno, a lo mejor tengo algo de hambre.

—Sí —dijo con una sonrisa—, eso es lo que creo.

Había un comedor, pero Matthew dijo que comerían en la mesa de la cocina.

El rey, pensó Mia, haciéndose el humilde ante sus súbditos... y eso que Evalina lo trataba sin ninguna formalidad. Era una mujer alegre que hablaba incesantemente mientras preparaba y servía la comida. Mia sólo podía entender algunas cosas de las que decía. Había estudiado español dos años en la universidad y luego un curso intensivo antes de ir a trabajar con Douglas a Colombia, pero cómo hablaba la gente en los sofisticados restaurantes y oficinas de Cartagena tenía poco que ver con el acento indígena de Evalina.

Matthew, sin embargo, se adaptaba con facilidad. Reía y bromeaba, y Evalina se ruborizaba de placer cada vez que lo hacía. Era fácil apreciar que a Evalina le gustaba ese hombre.

Si simplemente supiera quién era realmente Matthew, pensó Mia mientras masticaba. La comida era estupenda, y resultó que estaba muerta de hambre. Todo lo que había tomado desde la noche anterior había sido un café. Y ya era de nuevo de noche.

Dejó escapar un suspiro de alivio. Menos mal que estaba Evalina. Saber que el ama de llaves dormía bajo el mismo techo, seguramente impediría que Matthew....

¿Qué hacía aquella mujer?

–¿Evalina? –el tenedor de Mia golpeó contra el plato–. Evalina, espera... –demasiado tarde. Un alegre balanceo y el ama de llaves desapareció tras la puerta de la cocina. Mia miró a Matthew–. ¿Adónde va?

–A su casa.

Matthew se estaba terminando su sancocho y su arepa y parecía que la comida ocupaba toda su cabeza.

–¿No vive aquí?

–Vive en un pueblo a tres kilómetros.

–Creía que...

–Me imagino lo que creías –dijo, dejando el tenedor en el plato y limpiándose los labios con la servilleta–. Siento defraudarte, pero tú y yo vamos a pasar la noche solos.

El hombre que había bromeado con Evalina y alabado su cocina, había desaparecido. Había sido reemplazado por el extraño que la había raptado horas antes. Mia se obligó a mirarlo a los ojos.

–Si intentas algo conmigo –dijo ella–, te mataré.

Una sonrisa perezosa se dibujó en los labios de Matthew.

–¿Me qué? ¿Con tus propias manos?

Si hubiera sido una agente de verdad, hubiera podido. Los agentes aprendían cosas así. Pero a ella la habían entrenado menos de dos semanas, la habían sacado de su tranquilo despacho en Inteligencia y la habían lanzado a una pesadilla.

De todas formas, no había que ser un espía para saber que achantarte en un farol era un error.

–Haré lo que tenga que hacer –dijo con una frialdad que a ella misma le pareció admirable.

La sonrisa desapareció del rostro de Matthew mientras empujaba su silla y se ponía de pie.

–En ese caso –dijo con suavidad–, empecemos.

Demasiado para seguir con el farol.

La mano de él se cerró sobre su hombro. Trató de no responder a la presión.

–Levántate, Mia.

–No –el aire no le llegaba a los pulmones–. Te juro que si...

–¡Levántate!

El dolor era casi insoportable. Apretando los dientes hizo lo que le ordenaba. La sacó de la cocina, recorrieron el pasillo y volvieron a la biblioteca. ¿Iba a encerrarla en la habitación segura?

–Siéntate.

Se sentó casi derrumbándose en una silla que había en frente de una enorme chimenea. Matthew se dirigió a un mueble, sacó una botella y llenó dos copas. Le tendió una. Mia miró la copa como si fuera a empezar a arder en cualquier momento.

–Por favor –dijo con voz ronca–, es brandy. Mira –se acercó una copa a los labios y bebió un sorbo, después hizo lo mismo con la otra y volvió a ofrecérsela–. Bebe. A lo mejor así recuperas algo de color en la cara.

Aceptó la copa y bebió un pequeño sorbo. El brandy era estupendo, cálido y delicioso. Cerró los ojos y dejó que su calor bajara por la garganta, después degustó el sabor en los labios. Cuando levantó los párpados, vio a Matthew, mirándola. Siguiendo el recorrido de su lengua a lo largo de los labios. Sus ojos se encontraron.

–¿Mejor? –dijo con voz áspera.

Ella asintió, y Matthew se sentó en frente de ella mientras hacía rodar la copa entre las palmas de las manos para calentar el brandy antes de llevárselo a los labios.

–Es hora de hablar de negocios.

El corazón le latía desbocado, y trató de no aparentar miedo.

–No tenemos ningún negocio de que hablar.

–Te equivocas –dijo, entornando ligeramente los ojos–, sí lo tenemos.

La copa que Mia tenía entre las manos, empezó a temblar. Lo que tenía que hacer era mantener la calma. Impresionarle con su sinceridad.

–Mira –dijo, intentando parecer sincera–. Entiendo que Douglas te contratara para encontrarme. Me has encontrado. Díselo. Llámalo y dile que has cumplido con el trabajo que te encargó y después... después dile que no pienso volver a Cartagena –¿habría parecido sincera o desesperada?–. Después deja que me marche.

Matthew sonrió en silencio, y dijo:

–Tú te marchas y yo vuelvo a Cartagena con las manos vacías.

–Te pagará, verá que has hecho tu trabajo.

–No me paga por esto.

Mia abrió desmesuradamente los ojos a causa de la sorpresa.

—¿Entonces por qué...?

—¿Por qué huiste?

Se puso de pie, y dijo:

—Ya hemos hablado de eso. Le dejé.

—Huiste. Es diferente. Quiero saber la razón.

—No es de tu incumbencia.

Matthew se puso en pie también. Un segundo después la tenía sujeta contra la pared por los hombros.

—¿Te ha pegado?

—No.

—¿Ha abusado de ti?

—No. Maldita sea, apártate de mí.

—¿Por qué te convertiste en una ladrona?

El corazón de Mia casi se detuvo. Pensó en el minidisco de ordenador escondido en el fondo de su bolso y en la información que contenía.

—No sé de qué me hablas.

—Dame un respiro, nena. Hamilton me lo contó todo. Te pilló utilizando el correo de la embajada para pasar cocaína. Se jugó el cuello para salvarte, y tú se lo pagas huyendo de él —sus dedos se le clavaban en la piel—. Él no sabe por qué, pero yo sí. Escapaste con un alijo de coca.

¿Se reía? ¿Lloraba? ¿Qué era mejor, que Matthew pensara que había robado droga... o que supiera que lo que realmente había robado metería a Douglas Hamilton y al jefe de un cártel en una prisión federal? Daba lo mismo. No podía contarle nada. Además, ¿qué le importaba? Su trabajo era encontrarla y llevarla de vuelta a Cartagena.

No iba a volver de ningún modo. Sabía demasiado bien lo que le esperaba allí.

—¿Dónde está? ¿Dónde escondiste la mercancía?

—Douglas te mintió —dijo, mirándolo fijamente a los ojos—. Te contó esa historia para que me buscaras y me llevaras de vuelta, pero no es verdad. Nada de droga, huía de él, porque... porque no me dejaba tranquila.

Matthew torció el gesto.

—Aquellas habitaciones separadas —dijo con suavidad—. Diablos, ¿cómo voy a reprochárselo? Eres su prometida.

Tragó con dificultad y pensó que a lo mejor la verdad, al menos la parte de ella que podía revelar, funcionaba.

—Trabajaba para él en los Estados Unidos. Cuando vine a Cartagena como su asistente personal, me dijo que tenía una casa enorme con muchas habitaciones vacías y que todo sería más sencillo si me trasladaba a vivir allí —más fácil para ella conseguir encontrar los trapos sucios que la Agencia quería, pero eso no podía revelarlo.

¿Sería verdad? Matthew entornó los ojos. Eso explicaría las habitaciones separadas, pero tampoco había nacido ayer.

—Es una bonita historia.

—Es lo que realmente ocurrió. Estuvo bien durante un tiempo, pero entonces... empezó a decir cosas. Hacer cosas... —eso también era verdad, sólo recordarlo le daba arcadas, y a partir de ahí tenía que decorar la historia—. Le dije que mandaría un informe.

—¿Y?

—Y dijo que nadie me creería. Que yo no soy nadie. Que él es un coronel con una brillante hoja de servicios.

Matthew la soltó y dejó caer los brazos.

—Así que decidiste escapar.

—Sí.

—Hacer un viajecito por una zona llena de bandidos e insurgentes —apretó la mandíbula—. Exactamente lo que hace la mayoría de las mujeres cuando su prometido sugiere un asuntillo.

–¿Has escuchado una sola palabra de lo que te he dicho? No es mi prometido.

Matthew sonrió con frialdad. No la creía. Bueno, ¿por qué iba a hacerlo? Tenía razón, su historia estaba llena de agujeros pero ¿qué más iba a decirle? Sería mucho más peligroso olvidar que trabajaba para un hombre que quería lo que ella tenía con la suficiente fuerza como para matarla.

Matthew estaba jugando con ella al poli bueno y al poli malo. Nadie había oído nunca que la misma persona fuera la que hacía los dos papeles... y menos si descubría que su prisionera temblaba cuando la tocaba.

De pronto todo parecía más claro. La oscuridad que se cerraba alrededor de la casa. El silencio. El aparentemente interminable bosque y las montañas que los separaban del resto del mundo. El hombre que estaba a unos pocos centímetros de ella de pie con los brazos cruzados de modo que se apreciaba cada músculo de su torso.

El corazón de Mia empezó a latir a toda velocidad.

–Es tarde. Estoy agotada. ¿Has planeado dejarme ir a dormir o va a seguir el interrogatorio hasta que me desmaye?

–¿Interrogatorio? –sus labios se separaron y dejaron ver los dientes–. Nena, no tienes ni idea de lo que esa palabra significa. Lo nuestro es sólo una conversación –miró el reloj–. Pero tienes razón. Es tarde y ha sido un día demasiado largo. Diría que sí, que es hora de decir que es de noche –hizo un gesto con la cabeza en dirección al pasillo–. Vámonos a la cama.

Esa vez el corazón se le subió hasta la garganta.

–¿Qué... qué significa eso?

–¿Por qué, cariño, qué crees que significa?

La agarró del codo, pero ella se negó a moverse.

–No voy a dormir con usted señor Knight.

–Puedes apearme el tratamiento, nena. Mi nombre es Matthew. Considerando las circunstancias creo que podemos dejar a un lado las formalidades.

–He dicho...

Sí. He oído lo que has dicho –endureció el tono y la fuerza de la mano sobre el codo–. Creo que ya hemos hablado de esto. Harás lo que te diga.

–No –la voz era temblorosa, pero le sostuvo la mirada–. No pienso dormir con...

Gimió cuando la mano se deslizó hasta la muñeca y los dedos se clavaron en su piel.

–Vamos.

–Matthew, por favor...

–Ya está bien –rugió, y la levantó y se la echó al hombro.

Chillando, lo golpeó con los puños en la espalda. La ignoró y la llevó a través de la casa a oscuras hasta el interior de una enorme habitación donde la dejó de pie en el suelo y encendió las luces.

–Mi habitación –dijo sin entonación–. Espero que se encuentre cómoda, señorita.

–¡No hagas eso! No eres la clase de hombre que... que...

–¿No lo soy? –Matthew cerró la puerta y se volvió hacia ella–. De momento me has acusado de ser un gorila, de asesino a sueldo. ¿Por qué no añadir violador a la lista?

–Porque –dijo con el corazón desbocado–. Porque...

–No importa –pasó a su lado, la rozó y se dejó caer en los almohadones que había en la cabecera de la enorme cama–. Estoy demasiado cansado para esta mierda. Si quieres hacer que esto parezca una violación es tu problema –bostezó, cruzó las manos detrás de la cabeza y se quitó las botas sacudiendo los pies–. La ducha está ahí. Tú primero.

–Si de verdad crees que voy a... a prepararme yo misma para... para...

–¡Madre mía! –rugió Matthew.

Mia se echó para atrás. Demasiado tarde. La agarró, la arrastró al baño que era más grande que muchas casas y abrió la ducha que tenía el tamaño suficiente como para celebrar una fiesta.

–Quítate la ropa.

–No... te he dicho...

–Entonces lo haré yo.

Mia gimió y enseñó los puños, lo que hubiera hecho reír a Matthew si no hubiera estado tan cansado. En su lugar, apartó los puños como si hubieran sido moscas, la desnudó con una eficacia médica: le sacó la camiseta, las sandalias, desabrochó los vaqueros y se los sacó por las piernas. Ella se resistió. Dio puñetazos, patadas, gritó lloró y le llamó de todo.

La verdad es que no podía reprochárselo, pero estaba agotado e irritable. Sobre todo, parecía haber olvidado cómo pensar con claridad. Tenía que averiguar si era verdad lo que decía Hamilton, o había algo más.

La tenía allí delante en bragas y sujetador. Suficiente, pensó, y la soltó.

–Muy bien –dijo serio–. Mi turno.

Empezó a quitarse la camisa. Mia dio un grito de susto y se puso de cara a la pared.

–Maldita sea –juró Matthew, y cerró la puerta.

Después la levantó y la metió en la ducha.

Se acabó de quitar la camisa. Se desabrochó los pantalones. Se miró y decidió dejarse puestos los Jockeys porque, a pesar de lo cansado que estaba, todavía era posible que ella tuviera un efecto predecible en él. Después entró a la ducha y cerró el cristal de la mampara.

Mia se echó hacia atrás. El aspecto de su rostro casi le hizo reír. La primera vez que había estado en aquella casa, en una habitación de invitados, el oficial propietario de la casa despertó a todo el mundo bien temprano con el grito que dio. Todo el mundo fue corriendo. Encontraron al tipo en aquella ducha, con la espalda pegada a la pared y una serpiente del tamaño del Amazonas en medio del suelo. La cara del tipo era la misma que tenía Mia en ese momento.

Matthew pasó a su lado, agarró una pastilla de jabón de una estantería, hizo un gesto como si fuera a lavarla y después agarró un par de manoplas. Mia no se movió.

Enjabonó una de las manoplas y se la pasó por la cara, por el cuerpo para quitarse el polvo y el sudor de todo el día.

Mia lo observaba del modo que un antropólogo miraría un ritual de alguna tribu.

Se inclinó a por el champú. Se echó una buena cantidad. Se frotó pero no como le hubiera gustado, con los ojos cerrados y la cabeza hacia atrás porque si cerraba los ojos en aquel lugar tan reducido probablemente se llevaría una patada en los genitales.

Terminó y le tendió la otra manopla y el jabón. Con la boca apretada y los ojos entrecerrados, Mia aceptó lo que le ofrecía. Frotó el jabón contra la manopla y empezó a lavarse: la cara, el cuello, los brazos. Mientras tanto el agua escurría por su piel y formaba un rosario de gotas por encima del sujetador. Sujetador que al empaparse era traslúcido. Matthew podía ver los pezones.

Bajó la vista. Las bragas también estaban empapadas. La oscura sombra de los rizos del pubis era claramente visible. Y el aroma del jabón... ¿Por qué no olería así en él?

Cambió de postura. «Sal de la ducha», se dijo, «ahora mismo, idiota».

En lugar de salir, se dedicó a mirarla mientras se

lavaba el pelo con la cabeza echada hacia atrás y el agua cayéndole en la cara.

Matthew gimió. Mia abrió los ojos. Lo miró a la cara y después fue bajando la vista hasta los bóxer. Hasta el sobresaliente bulto debajo de ellos que no hubiera podido reprimir aunque su vida dependiera de ello. Levantó la vista. La impresión de lo que vio en el rostro de Mia lo sacudió como una descarga eléctrica.

A Mia se le cayó de las manos el bote de champú.

–Yo lo recogeré –dijo él.

Se agachó, agarró el bote, se irguió y colocó el bote en el estante del único modo posible, acercándose más a ella.

–Te has olvidado algo –dijo con voz ronca.

–¿Qué? –preguntó ella.

–Te has dejado espuma en un hombro.

Mia no se movió. Matthew se acercó más y le limpió el hombro con las yemas de los dedos, después inclinó la cabeza y apoyó la boca en la piel. Aquella piel húmeda y aromática.

El sonido que salió de la garganta de ella fue tan suave como el susurro del viento.

–¿Sabes por qué había espuma en tu hombro? –dijo él, Mia negó con la cabeza mientras lo miraba fijamente a los ojos–. Porque no puedes ducharte como es debido con la ropa puesta.

Buscó tras ella, encontró el cierre del sujetador. Mia empezó a temblar mientras lo abría y bajaba lentamente los tirantes por los brazos.

Matthew inclinó la cabeza y la besó en el cuello. Besó la curva de uno de los pechos, después se metió uno de los pezones en la boca. Mia gimió. Levantó las manos y apoyó las palmas en el pecho de él. Matthew deslizó los pulgares dentro de la cintura de las bragas. Despacio las bajó por las caderas. Siguió bajando hasta que ella sacó primero un pie y después el otro.

Matthew besó los empeines. Los tobillos. Alzó la cara, besó los muslos y enterró el rostro entre ellos. Entre aquellas curvas tan femeninas. Inhaló el aroma del jabón y del deseo.

–Mia –susurró, y separó los labios de su sexo con la lengua, buscando el pequeño y exótico capullo que se escondía entre ellos.

Cuando lo encontró, ella gritó de un modo agudo y salvaje tan excitante como su sabor.

Mientras lo agarraban del pelo, movía las cadera y gemía, Matthew supo que estaba apunto de llegar al clímax, y él no quería que eso sucediera, no quería que aquello terminara antes casi de empezar. Se puso en pie, agarró su rostro con las dos manos y la besó profundamente.

Cerró el agua, la tomó entre sus brazos y se dirigió a la habitación.

Capítulo 6

LA luz marfil de la luna bañaba la enorme cama. Matthew la llevó hasta allí y la depositó encima de un mar de lino blanco. Ella le abrió los brazos, y Matthew susurró su nombre mientras se sumergía en su abrazo. La besó una y otra vez. Su sabor a miel llenó sus sentidos; podría besarla durante toda la eternidad, pensó, y nuca se cansaría.

Mordió suavemente su labio inferior, Mia gimió, y Matthew suavizó su besó antes de deslizar la lengua en el interior de su boca. Volvió a gemir ante la dulce invasión. Ese sonido tan delicado, el arco que su cuerpo describía, hizo a Matthew cerrar los ojos de placer.

Los pechos presionaban con fuerza contra su pecho. Matthew agarró uno y pasó el pulgar por el pezón, sintiendo un enorme placer al escuchar de labios de Mia un gemido de excitación.

—¿Te gusta cuando te acaricio el pezón? —preguntó con voz ronca.

Respondió agarrándole la cabeza y besándolo con la boca abierta.

¡Si seguía así, aquello no iba a durar mucho!

El sexo estaba totalmente relacionado con el placer, pero no tenía nada que ver con perder el control, no hasta el último instante de liberación. Y, sin embargo, estaba a punto de perder el control en ese momento. Podía sentir que iba a suceder, podía oír el latido de su sangre. Tenía una erección tan completa, que casi le dolía. Nunca, en toda su vida, había deseado a una mujer como deseaba a Mia.

Todavía con el pecho en la mano, Matthew tomó el pezón entre sus dientes y después se lo metió en la boca. El grito de ella taladró el silencio de la noche.

–Matthew –susurró–. Oh, Matthew...

Se colocó encima de ella y recorrió su cuerpo con la mano. Su piel de satén olía a deseo.

Ella tenía las manos sobre él, sus dedos recorrían los hombros y el pecho, acariciaban su vientre, cada vez más abajo, más abajo... hasta que Matthew contuvo la respiración, adelantando dónde le acariciaría en ese momento. Era más de lo que podía soportar.

Tenía que detenerla, pensó, y cerró su mano alrededor de la de ella... Y le mostró cómo tenía que mover aquellos delicados dedos a lo largo de su sexo para llevarlo a una exquisita locura.

Casi sin respiración tomó la mano de ella, se la llevó a la boca y la besó.

–Todavía no –dijo–. Todavía no, corazón.

La agarró de las muñecas y le puso los brazos por encima de la cabeza. Besó la suave piel que dejaba a la vista, la mordisqueó, la recorrió con la lengua hasta que llegó de nuevo a los pechos.

Deslizó la mano libre entre sus muslos. El grito de Mia casi le hizo llegar al orgasmo. Ese sonido, de mujer rendida, y la sensación de su humedad en la mano casi le hizo perder el rumbo.

Matthew cerró los ojos y se concentró en mantener la compostura. Mia temblaba debajo de él. Murmuraba su nombre mientras se movía y se frotaba contra su mano.

–Mia –dijo, y empezó a acariciar el clítoris con los dedos.

Se volvió loca, retorciéndose, levantándose para besarlo, luchando para soltarse las muñecas.

–No –murmuró–, Matthew, no...

–Sí –dijo él, soltando las muñecas y pasándole las manos por debajo. Levantándola y separando sus muslos de modo que fuera enteramente vulnerable.

Era tan hermosa, ahí, en su mismo centro. Los pétalos de sus labios, el frágil capullo entre ellos... Besó aquel capullo, lo lamió, lo envolvió con su boca. Sintió la intensidad de la respuesta, los gemidos, los suspiros, y cuando Mia dio un largo y agudo grito, la envolvió con su abrazo y sintió algo en su interior, algo que tenía menos que ver con el sexo que con la felicidad.

Levantó su cuerpo y la sostuvo cerca de él mientras ella se abrazaba y lloraba. Después agarró su rostro y la besó, y cuando sus ojos se encontraron, cuando vio en sus labios formarse su nombre, entró en ella de un solo empujón. Las caderas de Mia se levantaron de la cama mientras sus piernas rodeaban la cintura de Matthew.

–Matthew –dijo con la voz rota, y él empezó a moverse despacio, entrando en esa seda caliente, saliendo después. El ritmo se fue acelerando, los gritos de ella fueron incrementándose, y él sintió que empezaba, sintió la increíble tensión, el incremento de energía.

El largo ascenso hasta la cima y después el momento de quedarse suspendido en el límite del mundo... Mia empezó a temblar. Mientras sus manos se aferraban a los bíceps de Matthew vio cómo los ojos de él se hacían borrosos por lo que le estaba pasando a ella, a los dos...

Entonces, sólo entonces, Matthew dejó caer la cabeza hacia atrás y reprodujo el grito de ella mientras se lanzaba al precipicio.

Estaban acostados en una maraña de sábanas y luz de luna, dos extraños abrazados.

Una corriente de aire fresco llegaba hasta ellos procedente de un ventilador en el techo.

A lo mejor fue por eso por lo que Mia de pronto sintió frío... O a lo mejor era algo más. A lo mejor era el súbito retorno a la cordura. Abrió los ojos y miró al techo sombrío. Sintió el peso del cuerpo de Matthew sobre ella... y se le enfrió la sangre. ¿Había perdido la cabeza?

Se había acostado con dos hombres en toda su vida. Un chico con el que había salido en la universidad y un hombre con el que casi había llegado a comprometerse. Los había tratado durante meses antes de dejar que las cosas llegaran tan lejos.

Conocía a Matthew Knight desde hacía menos de veinticuatro horas. Y no era un guapo universitario ni un potencial novio. Era... era un gorila contratado para llevarla a Cartagena de cualquier modo. Contratado por un hombre que quería lo que había en su ordenador. Lo quería lo bastante como para matarla.

Debía de haber hecho algo, algún ruido, porque Matthew alzó la cabeza y la miró.

—¿Qué pasa?

—Nada —dijo ella rápidamente—. No pasa nada.

—¿Te peso mucho? —dijo, y rodó a su lado.

Mia empezó a separarse de él, pero Matthew la abrazó.

—Eh —dijo con suavidad.

Mia forzó una sonrisa. La besó suavemente. ¿Cómo podía ser un hombre semejante así de tierno?, se preguntó.

—¿Seguro que estás bien? —preguntó él.

No, pensó, no lo estoy. Pero sabía que no podía responder así.

—Sí, estoy bien.

—Porque —soltó una carcajada—, porque si ha sido demasiado rápido...

No era eso. Había sido maravilloso. Increíble. Sexo con un hombre que la había raptado...

–No –dijo ella–. No, ha estado bien.

–Ah –dijo él con solemnidad–. Lo conseguí. Tú estás bien, y el sexo ha estado bien. Así que, veamos, en una escala de uno a diez, ¿cuál es la nota? ¿Un cuatro?

–No. De verdad. Sólo quería decir...

–Querías decir –dijo tranquilamente– que no sabes qué demonios haces aquí acostada entre mis brazos.

Sintió que el rubor le llenaba la cara.

–Yo no... –se aclaró la voz–. Realmente no quiero hablar de ello, Matthew.

Trató de moverse, pero los brazos de él la envolvieron con más fuerza.

–Bien –el tono se endureció–. Yo tampoco porque tampoco tengo ninguna respuesta –la hizo rodar de modo que quedara boca arriba con los brazos a los lados–. Todo lo que sé es que quise hacerte el amor en cuanto te vi.

–¿Eso fue antes o después de que irrumpieras en mi habitación?

La garró de la barbilla y le obligó a mirarlo.

–Sí –dijo bruscamente–. Entré en tu habitación. Te obligué a venir conmigo –ella intentó separarse de él, pero no le dejó–. Y todavía tienes algo pendiente en Cartagena. No sé lo que es, ni siquiera sé quién eres –tensó la mandíbula y la recorrió con la vista–, pero nunca me ha gustado una mujer como me gustas tú.

–Eso es encantador. ¿Siempre fun...?

Gimió cuando la besó. Intentó resistirse, pero él no tuvo piedad, hasta que, para su propio espanto, se descubrió a sí misma devolviéndole el beso y sintiendo cómo se le aceleraba el pulso.

–¿Ves? –susurró mientras la acariciaba–. A ti te pasa lo mismo.

–No, ¡no! Tú no me gustas . Yo no...

La besó ligeramente.

–De un modo u otro –dijo él–, he sido un soldado toda mi vida. Vivo con un código. Llámalo de honor o llámalo disciplina, da lo mismo. Cumplo mis compromisos.

–Eso quiere decir –dijo ella con un hilo de voz– que no espere un tratamiento especial sólo porque nos... nos....

–Quiere decir –dijo áspero– que es la primera vez que he roto ese código. No debería haberte hecho el amor –suavizó la voz, le apartó el pelo de la cara, y cuando la besó fue de un modo tan dulce, que Mia sintió que se le derretía el corazón–. La verdad es que no sé qué viene a continuación. Sólo sé que hablar nunca arregla nada.

Una de sus manos se movió hasta cubrir un pecho. El pulgar acarició el pezón, y la sacudida de placer que Mia sintió en el vientre fue bastante como para arrancarle un gemido.

–Pero esto –dijo él en voz baja–, esto sí.

La besó una y otra vez hasta que ella supo que todo iba bien. No importaba nada excepto cómo se sentía él cuando la acariciaba. La forma en que ella gemía por sus caricias. El sabor salado por la pasión que tenía. Cuando, al final, Matthew se deslizó dentro de ella, profundamente, la montó hasta que ella no tuvo sentidos excepto para él.

El sudor brillaba en los hombros de Matthew. Mia besaba la piel salada, rodeaba su cintura con las piernas, se elevaba para encontrarse con su poderosa envestida. La cresta de la ola se fue elevando y elevando. Estaba loca por montarlo ella, pero Matthew no le dejaría. Le rogó que terminara y, finalmente, lo hizo, gritando con ella mientras Mia llegaba al orgasmo y se hacía añicos entre sus brazos. Casi se desmayó, llorando de alegría, con una mezcla de emociones que amenazaba con destruirla. Matthew la mantuvo abrazada.

—Mia —dijo con suavidad, pero ella sacudió la cabeza.

No quería pensar en nada. No en ese momento.

Lo besó en la boca y después se durmió, sintiéndose a salvo entre sus brazos.

Se despertó cuando la luna se ocultaba. La habitación estaba casi a oscuras, y a través del balcón abierto entraban los sonidos del bosque. Matthew estaba boca abajo. Dormía con un brazo alrededor de la cintura y una pierna encima de ella. Respiraba tranquilo.

Mia cerró los ojos. El recuerdo de lo que había pasado en esa cama. De cómo se había entregado a él una y otra vez.

«Oh», pensó, «¿qué me ha sucedido?». Lo salvaje de su propia pasión la asustaba. Nunca había sido así. Nunca. Pensó en sus dos amantes anteriores. Dos hombres muy normales, uno estudiante de magisterio, el otro un abogado con despacho propio y una vida de nueve a cinco. Sabía todo lo que se podía saber de los dos. Dónde vivían, qué leían, qué música escuchaban. Sabía tanto de ellos, que cuando se acostaron, nada, ni siquiera el sexo, había parecido nuevo.

Lo que había hecho con Matthew, el sexo... Se le cortó la respiración. La verdad era que nunca había tenido un orgasmo hasta esa noche. Todo lo que había hecho con Matthew era nuevo y excitante y peligroso, lo mismo que él. Era un precioso animal, salvaje e imposible de domesticar. No se lo podía imaginar en cautiverio, atrapado detrás de una mesa en un mundo de nueve a cinco. Había sido soldado la mayor parte de su vida, había dicho, pero no se lo podía imaginar en esa función, con un uniforme ceñido, desfilando, recibiendo órdenes y saludando.

Matthew Knight era un hombre que había raptado a una mujer. La había desnudado. Obligado a hacer su voluntad. Excepto... excepto que no la había obligado a sentir lo que sentía cuando la tocaba. Tampoco la había forzado a hacer nada en la cama. Ella había sido una participante deseosa, cambiando caricia por caricia y beso por beso. Le hacía ruborizarse pensar en las cosas que había hecho, la forma en que le había rogado que entrara en ella y la llevara a hacer un viaje que nunca había hecho antes.

Sintió un nudo de temor en le estómago. Se había acostado con un extraño. Hecho cosas que le gustaría poder olvidar. Y lo único que sabía de él era que lo habían enviado para que la llevara a una muerte cierta a manos de su jefe... O que hiciera el trabajo él mismo.

El frío que sentía en el vientre, se convirtió en hielo. Él seguía durmiendo. Parecía tan pacífico... y hermoso. Su rostro, su cuerpo. Era un ángel negro, y sus caricias podían ser tiernas, su boca suave. Una caricia final, pensó con el corazón latiendo a toda velocidad, un último roce de sus labios... ¡No! Tenía que recuperar la cordura. ¿Quería volver a ponerlo en marcha otra vez?

Aguantando la respiración, Mia consiguió librarse del brazo y salir de debajo de la pierna. Se sentó y se echó el ligero edredón que Matthew había apartado.

Con cuidado, en silencio, se deslizó fuera de la cama. ¿Dónde estaba su ropa? En el cuarto de baño. El calor volvió a subírsele a la cara al recordar cómo la había desnudado Matthew. Cómo la había obligado a permanecer desnuda delante de él. Lo terrible que había sido... ¡Oh, qué excitante había sido! La forma en que la había desnudado. Mojado. Quitado el sujetador y las bragas y después hecho el amor. Nunca hubiera creído que el sexo fuera algo tan potente.

¿Era por eso que huía? ¿Para salvar su vida... o su alma? ¿Para escapar de un hombre que podría hacerle daño o de lo que le había enseñado sobre sí misma? Sobre la sensualidad y lo que era que te acaricien hasta hacerte ronronear.

Una año antes, llevaba una vida normal. Levantarse, vestirse, ir a su trabajo como secretaria en una deprimente oficina del gobierno que estaba relacionada con Inteligencia pero en realidad se dedicaba a elaborar estadísticas. Pero «normal» y «deprimente» estaban bien para ella. Su infancia tampoco lo había sido. Su padre había sido un ludópata y su madre siempre estaba enferma... Cerró los ojos. La verdad era que su madre era alcohólica. Al ir creciendo se había acostumbrado a no saber nunca qué pasaría al día siguiente. Había deseado una vida tranquila y predecible, y la había logrado.

Y entonces, una mañana, su jefe le dijo que la requerían en la planta dieciséis. A Mia le extrañó, pero hizo lo que le decían y entró en un mundo que ni siquiera sabía que existía. Era un mundo llamado la Agencia. Una mujer vestida de seda negra le dio la bienvenida y la llevó por un largo corredor hasta una enorme oficina donde le presentó a un hombre al que llamaba «el director». El director charló con ella durante cinco minutos y después su expresión se volvió grave.

–Señorita Palmieri –había dicho–, usted trabajó para el coronel Douglas Hamilton el año que estuvo aquí, en Washington.

–Sí –había dicho ella–, así es.

–Según nuestros informes, el coronel estaba satisfecho con usted.

–¿Con mi trabajo? –había dicho, porque la verdad era que Hamilton no había estado feliz con otras cosas, como la forma en que ella había evitado quedarse hasta tarde por la noche debido al modo como la miraba–. Sí –había respondido–, creo que sí.

–Señorita Palmieri –había dicho el director, inclinándose hacia delante–. Le voy a ofrecer una oportunidad de servir a su país.

Mia sintió un escalofrío. Su país no le había servido a ella. Había descubierto que era desechable. El hombre con el que se había acostado era la última prueba. Ya se había acostado con él. Hecho el amor con él... Sexo. No amor. Sexo. No sabía por qué la distinción era importante, pero lo era.

Su pequeña maleta estaba en la silla, pero no iba a arriesgarse a despertar a Matthew revolviendo dentro de ella. Por lo que sabía, tenía el sueño ligero.

El armario ocupaba una pared completa. Aguantó la respiración mientras abría una de las puertas, pero ni se movió. La ropa estaba pulcramente doblada en estantes. Eligió una camiseta y unos pantalones. Tendría que salir sin zapatos.

A penas sin respirar, llevando la maleta y el bolso, fue de puntillas hasta la puerta. Recorrió el interminable pasillo. La puerta principal estaba justo delante. ¿Estaría la alarma instalada para saltar incluso si salía de la casa? Tuvo la esperanza de que no. De otro modo, tendría que conseguir llegar al coche antes de que Matthew la alcanzara.

Había dejado la llaves en una mesita cerca de la puerta. El suelo estaba frío.

Nada de llaves. Era imposible. Recorrió toda la mesa de nuevo. Nada. ¿Cómo podía ser? Estaba segura de haber visto cómo las dejaba...

Un centenar de lágrimas de cristal de la lámpara del vestíbulo se llenaron de vida. Mia gritó y se cubrió los ojos con las manos para protegerse de la luz... Y vio a Matthew a un par de metros de ella con sólo unos vaqueros desabrochados, apoyado en la pared con una mirada que le recordó a Mia lo peligroso que realmente era.

–¿Es esto lo que buscas, nena? –dijo con frialdad.

Las llaves colgaban de uno de los dedos de su mano.

Capítulo 7

LA había pillado por sorpresa. Bien. Eso era exactamente lo que quería.

Un momento antes, cuando se había despertado esperando encontrar a Mia a su lado, su reacción había sido instantánea. Masculina e instantánea. Incluso aunque habían hecho el amor dos veces, se había despertado duro y deseoso de volver a poseerla. Sabía que aquello no tenía sentido. Era su prisionera, una ladrona y traficante de droga. Pero le gustaba. Hacer el amor con ella no había puesto fin a su deseo, sólo lo había incrementado. Había muchas cosas que no habían hecho. Cosas que quería hacer mientras la miraba a la cara. Quería ir más despacio, besarla por todo el cuerpo, buscar todas sus partes ocultas y explorarlas.

Por loco que pareciera, hacer el amor con Mia había sido diferente. Había sido inocente y abandonada, tierna y salvaje, y esos últimos minutos de su posesión, cuando había empezado a temblar debajo de él, se había sentido como si estuviera en los límites del universo.

No. Nada de aquello tenía sentido, pero era un hombre de acción, no de introspección. ¿Por qué tenía que averiguar la causa de semejante atracción sexual? Vivirla era todo lo que importaba.

Había estado a punto de hacerlo unos minutos antes, de atraerla hacia él y besarla, pero algo le había detenido. A lo mejor la precaución de Mia. Ella pensaba que estaba dormido. No quería despertarlo. A lo mejor tenía que ir al baño y por eso estaba saliendo de la cama intentando no molestarlo.

Error. Cuando finalmente ella consiguió escapar de entre sus brazos, no se había dirigido al baño, sino al armario. La había mirado con los ojos casi cerrados y la había visto elegir unos pantalones y una camisera y ponérselos. Ahí había sido cuando había entendido. Mia se estaba preparando para huir. Para abandonarlo.

Se había dicho a sí mismo que era una forma estúpida de llamarlo. La había raptado, llevado allí en contra de su voluntad. Según lo veía ella, aquello era una guerra, y la primera obligación de una prisionera de guerra, era escapar. Todo muy lógico, excepto que ella no era su prisionera de guerra. Ella era... era... Maldición, ¿qué era ella? Una mujer a la que se había llevado a la cama. Todo lo que habían hecho había sido sexo. Nada más, y nada menos... además había sido un imbécil durmiéndose entre sus brazos como si fueran amantes.

Ella se había dejado seducir. O a lo mejor había sido al revés. A lo mejor todo estaba planeado. Había querido que bajara la guardia, y él, estúpido como era, se había prestado.

Y todavía, a pesar de que la había seguido por todo el pasillo, una parte de él había esperado que fuera a por un vaso de agua o una taza de té.

Claro, pensó al ver la cara de horror de Mia al descubrirlo, una mujer siempre iría a por un vaso de agua con la maleta en la mano.

—Matthew —dijo con una pequeña risa—. Estás despierto —él no respondió. Se limitó a mirarla—. Estaba sólo... sólo...

—Sé lo que quieres decir —dijo con frialdad balanceando las llaves—. Estabas «sólo» buscando esto.

Mia apartó la mirada.

–No, ¿por qué iba yo a...?

Gimió y se echó para atrás al ver que él se acerca-ba; llegó hasta la pared y la agarró de los hombros.

–No lo sé, nena. Dímelo tú.

–Estaba... estaba buscando mi bolso. Pensaba que lo había dejado encima de esa mesa y...

–¿Ese bolso? –dijo en un susurro–. ¿El que llevas colgando del hombro?

Lo miró fijamente.

–Mira, sé lo que parece, pero...

–¿Lo que parece, Mia? Dímelo.

–Hay una explicación muy sencilla. Si me das un minuto, yo... –gritó mientras la levantaba hasta hacer-la ponerse de puntillas–. Matthew, me estás haciendo daño.

–¿No es eso lo que se espera de un tipo de ésos de «nos acostamos y si te he visto no me acuerdo»?

–Eso es vulgar –dijo, ruborizándose.

–¿Y no puedo querer ser vulgar? –apretó los la-bios–. Seguro que es lo que hace juego con una mujer que se tira a un hombre con la esperanza de que a él le dé igual.

–¡Eres un desagradable!

–Sólo te estoy diciendo las cosas como son. Nos acostamos juntos, me apretaste...

La mano de Mia cruzó el aire y golpeó en la meji-lla de Matthew con la fuerza suficiente como para ha-cerle volver la cara. Matthew la agarró de la muñeca, le llevó el brazo a la espalda y la atrajo contra él.

–¿Te gusta jugar duro? Muy bien, nena, si es lo que quieres, yo también jugaré duro.

–¡Suéltame!

–Claro, ahora mismo, en cuanto te busque un lugar seguro y agradable.

Echó a andar por el pasillo, arrastrándola tras él, la arrojó dentro del dormitorio y encendió la luz. Después agarró la maleta y el bolso y la empujó a la cama.

Podía ver el terror en sus ojos. Mejor, pensó. Mejor que estuviera aterrorizada.

—Échate en la cama.

—Por favor, Matthew...

—En la cama —ordenó con un grito. Ella se arrojó al centro del colchón como si poniendo algo de distancia entre ellos fuera a mantenerla a salvo—. Un solo movimiento —dijo, señalándola con el dedo—, sólo uno y te arrepentirás.

—Si me escucharas...

—Dame dos segundos de problemas y te encerraré en la habitación segura —su sonrisa era heladora—, después de vaciarla de armas, claro. La cerraré permanentemente desde fuera. Y después, ¿quién sabe, nena? Puede que me olvide de que te he metido allí.

Mia corrió hacia el balcón según Matthew salió de la habitación. Estaba cerrado. No se veía ni llave ni pestillo, pero estaba cerrado.

—Abre —dijo, tirando del picaporte con las dos manos—, abre maldito...

Gritó al sentir que los brazos de Matthew se cerraban en torno a ella. La llevó de vuelta a la cama, la tiró encima y sacó unas esposas de una mesilla.

—No, Matthew —dijo, gimiendo.

—Túmbate y levanta las manos por encima de la cabeza.

—Matthew, te lo ruego. Cualquier cosa que te haya dicho Douglas...

—Sí —dijo con suavidad—, ése es el problema, ¿verdad? Me olvidé de lo que el viejo Douglas me dijo sobre ti y tus jueguecitos.

—Eso no es verdad. Yo nunca...

—¿Nunca usaste todos tus trucos de cama con él? Haznos un favor a los dos, nena. Deja de mentir. Lo sé todo sobre ti –apretó la mandíbula–. Tengo que reconocer que eres muy buena –levantó las esposas–. Las manos –gritó.

Ella no se movió. Matthew agarró la muñeca izquierda, le puso el brazalete de acero y la llevó hasta el cabecero de la cama. Después hizo lo mismo con la derecha. El sonido de las esposas al cerrarse fue como el portazo de la celda de una cárcel.

–Matthew –las lágrimas caían por el rostro de Mia–. Matthew, te juro que...

Sin dejarse conmover, aseguró las esposas en el cabecero de la cama.

–Ya está.

La sensación de estar atada, de tener los brazos sujetos por encima de la cabeza, era terrible. Mia empezó a llorar cuando él se dirigió hacia la puerta y la cerró.

–Matthew –gimió mientras él avanzaba hacia la cama–, por favor, por favor.

Matthew se quitó los vaqueros. Estaba excitado y en erección, pero no le importó en absoluto que ella lo viera. Diablos, quería que ella lo viera. Quería que se asustara.

Mia gritó cuando él se colocó al lado de ella en la cama.

–No –susurró ella.

–¿No qué? –dijo con frialdad–. ¿Que no haga esto?

Mirándola a los ojos, acarició sus pechos y fue bajando la mano por su vientre hasta meterla entre los muslos. Ella gimió. No como había gemido antes, no de deseo. Gimió de miedo.

–Cállate –dijo, apagando la luz y dejando la habitación a oscuras–, o te amordazaré.

Mia apretó los labios para contener los sollozos. La sombra de Matthew se movía y hacía sonar el colchón. Estaba tumbado a su lado. Un instante después escuchaba el pausado ritmo de su respiración. Su carcelero estaba dormido.

Matthew durmió exactamente lo que se había propuesto: veinte minutos. Se despertó tan despejado como si hubiera dormido toda la noche. Era algo que había aprendido a hacer en las Fuerzas Especiales. Se lo había enseñado Cam, tai chi mental lo llamaba. Alex y él se había reído, hasta que habían visto que funcionaba. Estaba descansado, tenía que estarlo porque el amanecer se acercaba y tenía que pensar en un plan rápidamente.

¿Cuál sería la mejor forma de obligar a la prisionera a decir la verdad? Y eso era lo que ella era, una prisionera. ¿Cómo podía haber cometido el error de haberla visto de otro modo? No era una chica guapa que había conocido en una fiesta. Era una criminal. Que lo hubiera olvidado demostraba lo lejos que estaba ya de sus tiempos de espía. De acuerdo, había cometido un error, pero no habría más.

Seguía tumbado a oscuras, sintiendo cómo su cuerpo se llenaba de fuerza y su mente se aclaraba. Ya estaba bien.

Ella era el objetivo, y aquello era un encargo y... Y ¿qué era ese ruido? Mia estaba llorando. Casi en silencio. Tanto, que era casi imposible oírla. «Que llore», pensó fríamente. Lo había utilizado, y eso no le gustaba. O a lo mejor era que no se gustaba a sí mismo por ser tan estúpido de haber dejado que ocurriera. De cualquier modo, le dejaría llorar. Dejaría que siguiera allí tumbada a su lado en una postura que, aunque no le hiciera daño, sí sería muy incómoda. Dejaría que se imaginara lo que iba a hacerle... O lo que ya le había hecho. Tenerla entre sus brazos. Besar su boca, saborear su dulzura. Besar sus pechos, chupar los pezones mientras la acariciaba. Mientras metía la mano entre sus muslos y recibía en la palma el rocío de su feminidad. Mientras le levantaba las piernas por encima de sus hombros, entraba en ella, despacio, despacio, disfrutando con sus gemidos, sus gritos, la forma en que sus músculos se tensaban alrededor de él, la forma en que había susurrado su nombre al llegar al orgasmo...

Se sentó y la miró.

–Para de llorar –dijo con aspereza.

Mia podría haber dicho que estaba intentando cumplir la orden pero que no podía. ¿Y qué? El llanto de una mujer nunca había matado a nadie. Excepto, a lo mejor, al hombre que lo escucha.

–¿No has oído lo que te he dicho? Deja de lloriquear. Me cabrea y, confía en mí, no creo que quieras cabrearme más de lo que ya lo has hecho.

Hizo un ruido que Matthew sabía era un intento de contener las lágrimas. No sirvió de nada, el llanto se intensificó. Matthew se puso de pie, cruzó la habitación y cerró de un portazo la puerta del baño tras él. Se quedó de pie, apoyado en el lavabo un buen rato. Encendió la luz y se miró en el espejo. Parecía un hombre que acababa de asomarse al infierno.

Abrió la ducha. Se metió debajo y puso el agua tan caliente como podía soportarla, después la puso completamente fría. Sacudió la cabeza y dejó que el agua recorriera su cuerpo. Abrió los chorros laterales e hizo que el agua relajara sus músculos.

Parecía que habían pasado un centenar de años desde que había estado en esa misma ducha al lado de Mia, mirando cómo el agua empapaba su pelo de seda y cómo volvía transparente el sujetador... Matthew murmuró una obscenidad. ¡Al infierno! Tenía que pensar un plan. Tenía que sacarle la verdad. Tanto si llevaba droga como si no. Después tenía que decidir si se la llevaba a Hamilton o a los Estados Unidos o...

¡Mierda! Cerró el grifo y salió de la ducha. Se secó. Respiró hondo. Después se colocó la toalla alrededor de la cintura y abrió la puerta del baño. La luz entró en el dormitorio. Vio a Mia tumbada en la misma postura que la había dejado. Tenía la cabeza apoyada, pero en cuanto vio la luz, levantó la barbilla. Su rostro estaba surcado de lágrimas, pero había vuelto el gesto de desafío. Fue hacia ella y le soltó las esposas.

Gimió de congoja, y Matthew se dijo que el daño que le hacía escuchar aquello no tenía sentido, era sólo una pizca de empatía, nada más. No la habría tenido en sus tiempos de la Agencia, pero ¿no era por eso que se había marchado? ¿Porque la Agencia era un agujero negro que absorbía toda su humanidad? Matthew se aclaró la garganta.

—Tienes una concentración de ácido láctico en los músculos —dijo—. Se pasará en un par de minutos.

Ella no respondió. La agarró de los hombros. Estaba temblando y trató de soltarse.

—No seas idiota —rugió él—. Déjame ayudarte a recuperar la circulación y te sentirás mejor.

Le masajeó los brazos. Dejó de temblar, pero las lágrimas seguían en sus ojos. ¿Por qué verla así le hacía un nudo en la garganta? Tocó las marcas que las esposas habían dejado en las muñecas.

—No deberías haber tirado de las esposas.

Siguió sin responder. La verdad era que ya no harían falta las esposas esa noche. Iba a ser dócil. Además él estaba despierto, podría vigilarla. Ningún problema.

—¿Mejor?

Todavía ninguna respuesta. Tomó sus manos. Estaban heladas. No hacía frío en la habitación. El ventilador movía el aire pero no lo enfriaba. Le tocó las mejillas. Estaban frías también. ¿Conmocionada? No parecía. No tenía ningún otro síntoma. Podría ser el impacto emocional. Eso tenía sentido. Explicaba el temblor, la aquiescencia... Y las lágrimas que caían de sus ojos.

–Maldición –murmuró Matthew.

Le pasó el brazo alrededor. Mia volvió a la vida en un segundo, empujándolo e intentando soltarse. No muy dócil, pensó, y casi se echó a reír al ver lo bien que le hacía sentirse que ella luchara por liberarse de él.

–Tranquila –dijo, abrazándola más fuerte y haciendo que los dos cayeran en la cama–. No voy a hacerte daño.

Consiguió soltarse una mano y lo golpeó. No fue muy fuerte, pero sus nudillos consiguieron impactar en la barbilla.

–Maldita sea –rugió–. Te he dicho que no iba a hacerte daño.

Agarró la mano, la colocó entre los dos cuerpos y la sujetó con un brazo mientras la tapaba con las sábanas y el edredón. Mia seguía temblando. Los nervios, la rabia, el miedo... Fuera cual fuera la causa, tenía que detener el temblor.

Matthew la abrazó. Ella se resistió, pero la sujetó con fuerza mientras le acariciaba la espalda con una mano y le apartaba el pelo de la frente con la otra. Poco a poco dejó de resistirse. Sentía el frío del cuerpo de Mia. El temblor iba disminuyendo. Y sentía la maravillosa sensación de tenerla entre sus brazos de nuevo.

Matthew cerró los ojos. Hundió la nariz entre los rizos e inhaló el aroma. Aquel aroma le disparó la sangre. El corazón le latía desbocado.

Una vez, hacía años, cuando tenía ocho o nueve años, aún inocente, había ido a montar al rancho con Cam y Alex. Jugaban a lo que más les gustaba, ser guerreros comanches, orgullosos descendientes de una madre a la que casi ni recordaban.

El caballo de Matthew resopló y se encabritó. Aun así, y como buen jinete, había conseguido tranquilizar al animal. Miró alrededor, las serpientes de cascabel eran siempre un peligro y a los caballos les daban pánico, y vio en la hierba, un poco más adelante, no una serpiente, sino un nido. Era pequeño. Estaba hecho de ramitas y paja, pero dentro había un milagro, un diminuto e indefenso pájaro sin plumas. Desmontó, tomó la pequeña criatura entre sus manos y sintió el diminuto corazón latiendo acelerado a causa del miedo. Ninguno de ellos sabía qué hacer. Finalmente pusieron el nido en un árbol, buscaron un par de gusanos y los pusieron al lado del pájaro. Cuando volvieron dos días después, la diminuta criatura estaba inmóvil y su corazón tranquilo para siempre. Años después, sentía que el corazón de Mia latía como el del pequeño pájaro. A lo mejor ella era todo lo que había dicho Hamilton. O tenía razones que explicaran lo que había hecho. A lo mejor todo lo que tenía que hacer era preguntarle...

Matthew tragó con dificultad. A lo mejor no importaba. Él no era un santo. Había hecho cosas que no querría reconocer.

–Mia –dijo–, nena, siento haberte asustado.

Lo miró con los ojos brillantes por las lágrimas.

–Douglas te mintió –dijo ella en un susurro tembloroso.

–No importa. No tengo derecho a juzgarte.

–Tendrías todo el derecho si traficara con coca –se le quebró la voz–. Pero nunca lo he hecho. ¡Nunca!

–Shh.

Matthew besó las lágrimas que caían de sus ojos. La besó en los labios suavemente. Después la abrazó con fuerza. Podía sentir cómo se aflojaba la tensión. Otro beso. Otro susurro. Un beso más, sólo uno y si, por casualidad, su boca se aferrara a la suya, si suspirara y le pasara brazos por detrás del cuello...

–Mia –susurró–, nena.

Las manos de ella se deslizaron por su pecho, por sus hombros. Los dedos llegaron a su nuca. Cuando la besó, su boca se abrió para él. Antes de poder pensarlo, sus manos estaban debajo de la camiseta, buscando sus pechos, encontrándolos. Ella gimió, y el beso se profundizó.

De pronto ella se echó hacia atrás. Sus ojos, llenos de dudas, lo miraron.

–No sé quién eres, Matthew. Tampoco sé lo que eres. Esto es... es una locura. No podemos. No deberíamos...

Se interrumpió a mitad de la frase. En medio de un sollozo desesperado, tomó la cara de él entre sus manos y lo besó con una pasión que lo encendió. Se quitaron la ropa. Se subió encima de ella, se arrodilló entre sus muslos y entró de un largo y suave empujón.

Al final ella lloraba, lloraba de felicidad. Y Matthew se sentía lleno de alegría.

Capítulo 8

UN momento antes, Matthew había utilizado una antigua técnica de meditación para lograr un sueño restaurador. En ese momento, todo lo que necesitaba era hacer el amor con Mia y después dejar que ella se durmiera entre sus brazos. Había todavía muchas preguntas sin responder... pero en ese instante todo lo que importaba era eso. Mia, cálida y suave entre sus brazos. Sintió cómo el cuerpo de ella se relajaba junto al suyo. La besó, y ella suspiró y se tumbó de lado con la cabeza apoyada en su hombro. Matthew la atrajo más cerca de él. Todas esas preguntas, pensó... Y se durmió junto a ella.

A la pálida luz que precede al amanecer, un suave canto de pájaros sonó en el bosque. Mia se despertó entre los brazos de Matthew, agarrada a él. Sus manos envolvían sus pechos. Y la caliente y brillante hinchazón de su erección asomaba en la unión de sus muslos. Mia empezó a moverse dentro de su abrazo, pero no podía. En lugar de eso, Matthew se metió dentro de ella con una penetración profunda y poderosa. Nada de preliminares. No hacían falta. Ella estaba lista y deseosa de ser poseída. Mia dejó caer la cabeza mientras él empezaba a moverse, cada vez más deprisa, y cuando ella gritó y voló, fue con ella y juntos llegaron al cielo.

Tiempo después, Mia se dio la vuelta entre los brazos de él y lo miró con los ojos como carbones ardientes.

–Matthew –dijo en un susurro.

Apoyó la mano en la mejilla de él, Matthew agarró la mano y se la llevó a los labios para besarla. Ella volvió a quedarse dormida.

Debía de haberse quedado dormido también, porque de lo siguiente que fue consciente fue de que el sol estaba prácticamente en el cenit. Mia seguía entre sus brazos. Un mechón de su oscuro pelo se había enganchado en la comisura de sus labios y se lo apartó con la punta de un dedo, después besó el lugar donde antes estaba el pelo. Se sentía tan bien abrazándola. Estando con ella en aquella casa que había esperado amar y sin embargo había odiado. Tonterías. Una casa era sólo una casa. Si se van a tener pesadillas no importa dónde se duerma. Los sueños vendrán igual hasta que los eches de la cabeza. Que Mia estuviera allí con él había hecho que se sintiera diferente con respecto a la casa, incluso con Colombia. El problema era que seguía sintiendo lo mismo con respecto a sí mismo.

Alita. El nombre le venía a la cabeza como siempre. No había sido capaz de salvarla.

¿Sería capaz de salvar a Mia? Huía de algo, pero no podría protegerla hasta que supiera de qué. No era una ladrona. No traficaba con droga. Se hubiera apostado la vida por las dos cosas. Entonces, ¿por qué huía? ¿Por qué arriesgarse con un cártel? Si no había nada entre ella y Hamilton, por qué quería éste que volviera. ¿Por qué le había mentido Hamilton?

Matthew respiró hondo. Faltaban piezas del rompecabezas. Lo único cierto era que haría cualquier cosa para proteger a la mujer que tenía entre sus brazos. Necesitaba su protección. Lo necesitaba a él.

Y él... él... No. Diablos, no. No la necesitaba. Le gustaba más que nunca le había gustado una mujer, pero ¿necesitarla? Nunca había necesitado a nadie. Nunca lo necesitaría.

Frunció el ceño. Con cuidado sacó el brazo de debajo de los hombros de ella. Echó una última mirada a su rostro y después se levantó, se puso unos pantalones cortos y salió de la habitación.

Mia estaba soñando. Iba por un largo y oscuro corredor con Matthew.

–¿Adónde vamos? –decía ella, pero él estaba mudo.

Había un hombre de pie al final del corredor. No podía ver su rostro, pero sabía quién era.

–Por favor –decía a Matthew–, no me hagas ir con él.

Matthew seguía caminando con ella agarrada de la mano...

El corazón le golpeaba en el pecho. Mia dio un salto en la cama. La luz del sol entraba por la ventana, iluminando los pétalos perfectos de una orquídea salvaje que había en la almohada a su lado. Los últimos vestigios de la pesadilla se esfumaron. Sonriendo, agarró la orquídea y se la llevó a los labios.

La de la noche era la única realidad que importaba. A no ser que... también eso fuese un sueño. Pero no lo era. Sabía que en cuanto se duchara y se vistiera, seguiría el delicioso aroma del café recién hecho y, en la cocina, encontraría a Matthew.

Estaba de pie con la espalda apoyada en la puerta de la terraza y las manos en los bolsillos traseros de los vaqueros cortos. El corazón de Mia se volvió del revés. Ese hermoso hombre, ese increíblemente fuerte hombre, era su amante.

Matthew se dio la vuelta y la miró. Sus ojos eran indescifrables, su mandíbula estaba en tensión. Por un momento, volvió la incertidumbre. Había dormido con él, explorado su cuerpo como él había hecho con el suyo, y seguía sin saber nada de él, ni de por qué Douglas lo había elegido para buscarla.

–Buenos días –dijo él con suavidad, y sus ojos cambiaron totalmente, lo mismo que su expresión.

Corrió a precipitarse en su abrazo.

–Lo siento, he dormido mucho –dijo ella, sonriendo.

–Mmm –sus brazos se tensaron alrededor de ella–. Menos mal que te has levantado, me muero de hambre.

–Deberías haber desayunado sin esperarme.

–No estoy hablando del desayuno –dijo con suavidad, y le dio un beso rápido y con sabor a café.

La llevó hasta la terraza. Ella, el día anterior, prácticamente no la había visto. Vio que discurría a lo largo de la casa. Un pequeño murete de piedra señalaba su perímetro. El aire olía a las flores que en tiestos de terracota se hallaban por todas partes.

–Esto es maravilloso –dijo Mia.

–He pensado que desayunemos aquí fuera –dijo, besándola en la mano.

–Sí. Es perfecto.

Desayunaron en una mesa de cristal protegida del sol por una sombrilla. Evalina se había ido al mercado, pero antes les había dejado preparada la comida: huevos revueltos, beicon y tortillas de maíz.

–¿Dónde estamos? –preguntó Mia.

–En Los Andes, en una zona llamada Cordillera Oriental.

–Es como estar en la cima del mundo.

—La gente de aquí lo llama Cachalú, la Tierra del Cielo.

—¿Y es todo tuyo?

—No todo, pero sí una buena parte —dijo, casi riendo.

—Pero tú eres norteamericano.

Su gesto se entristeció.

—Pasé una temporada aquí hace bastante tiempo.

—¿Aquí? ¿En esta casa?

Negó con la cabeza.

—En el país. Aquí pasé un par de días, por negocios. Otra persona era la dueña.

—¿Un amigo?

—Sólo alguien a quien conocía. No exactamente lo que llamaría un amigo —hizo una pausa—. Un tipo al que conocí por el trabajo.

—Pensaba que habías sido soldado.

—Lo fui —lo último que quedaba de su sonrisa desapareció—. Es una vieja historia.

—Matthew, lo siento, no quería entrometerme.

Buscó la mano de ella y enlazó los dedos con los suyos.

—No, nena. Yo soy el único que lo siente. Lo que pasa es que el tiempo que pasé aquí no fue... No soy mucho de revivir el pasado, ¿sabes? —volvió a sonreír de un modo forzado—. Además, ¿por qué íbamos a hablar sobre mí pudiendo hablar de ti?

No podían hablar sobre ella. Él haría preguntas, y ella no daría respuestas. No hasta que no supiera con total certeza por qué había ido a buscarla. Y si su corazonada era cierta, si Matthew no sabía la verdad sobre Douglas, contarle demasiado podría ponerle a él también en peligro.

—No hay mucho de qué hablar —dijo ella con una sonrisa rápida.

Matthew se llevó su mano a los labios.

—Apuesto a que sí. ¿Cuál es tu helado favorito?

¿Te gusta el fútbol? ¿Entiendes una sola palabra de lo que dice Bob Dylan? ¿Qué te parece Mahler?

–¿Mahler? –preguntó ella, levantando las cejas.

–Sí. ¿Demasiado... o no suficiente?

Mia se echó a reír.

–Chocolate –dijo ella–. Sí, no, demasiado.

Matthew sonrió.

–Una mujer que sabe lo que quiere, eso es lo que me gusta.

–¿Y tú?

–Fresa. Sí, no...

–Me refiero a ¿por qué Douglas te contrató para perseguirme?

No había querido preguntar eso, las palabras se le habían agolpado en la boca. Parpadeó y vio cómo la sonrisa de Matthew se evaporaba.

–Matthew, no quería...

–Está bien. Directa al grano. Diablos, ¿por qué no? –apretó la mandíbula–. Por ejemplo, ¿qué te hizo venir a Colombia?

Lo miró fijamente. Tenía la verdad en la punta de la lengua. Deseaba decírsela. Explicarle que un día era secretaria y, al siguiente, una agencia sin nombre la había convertido en espía.

–Es una pregunta sencilla, nena. ¿Qué te parece responderla?

Matthew seguía sonriendo, pero el gesto de sus ojos indicaba que la estaba analizando. Muy bien. Diría la verdad... hasta donde pudiera.

–Fue... una... Era secretaria en Washington. Entonces mi jefe me dijo que había una plaza en Cartagena y me preguntó si estaría interesada.

–Y tú dijiste que claro, y ya está.

–Sí. Así fue.

–¿Habías pedido un traslado?

–Bueno, no.

–¿Hablas español con fluidez?

–No, con fluidez, no, pero...

–Pero, zas, tu jefe decide enviarte a Cartagena, ¿verdad?

Sus dedos seguían unidos a los de Matthew. Quería soltarse. Se sentía mal teniendo sus manos unidas mientras la mirada y la voz de él se habían convertido en las de un extraño.

–No utilices ese tono conmigo –dijo con suavidad.

–Estoy tratando de entender las cosas. Quiero decir... demonios, es como si fueras Dorothy y te agarrara el tornado, ¿sabes? El viejo: «creo que esto no es Kansas, Toto». Washington un día, Cartagena al siguiente. Como asistente personal de Hamilton –su tono se endureció–. Viviendo en ese enorme y caro mausoleo de las colinas.

–Había trabajado antes para Douglas, cuando estaba destinado en Washington.

–Así que no fue una casualidad. Hamilton hizo una petición especial. Pidió a Washington que te enviaran.

–Nadie me envió a Douglas.

–No le demos más vueltas, ¿de acuerdo? Hamilton te solicitó.

Mia soltó la mano.

–¿Eso es todo?

–No es nada más que una conversación amistosa. Sólo estoy tratando de averiguar cómo una mujer establecida en Washington termina en un trabajo fantástico en Latinoamérica.

–¿Un trabajo fantástico? –soltó una carcajada–. ¿Recuerdas lo que me dijiste de Colombia? Es hermosa, pero terriblemente peligrosa.

–El mayor problema en una ciudad costera como Cartagena es decidir dónde vas a ir a bailar esa noche.

Mia empujó su silla y se puso de pie. Matthew hizo lo mismo.

–¿Adónde vas? –dijo con frialdad.

–Te he dicho que no me gusta tu tono.

–Y a mí no me gusta la gente que se cree que puede largarse y dejarme plantado.

Mia se dio la vuelta y fue hacia la casa. Él fue tras ella, la agarró de los hombros y le dio la vuelta.

–¿Hay algo entre Hamilton y tú?

–Ya he respondido a eso antes.

–Él cree que sí.

–No soy responsable de lo que él crea.

¿No te has acostado con él?

Mia levantó la barbilla.

–Si lo hubiera hecho, no sería de tu incumbencia.

–Ya lo creo que sí –dijo, cerrando la mano sobre el hombro.

–No. Tú y yo hemos pasado una noche juntos. Eso no te concede el derecho de preguntarme con quién me he acostado.

Matthew la miró fijamente. Los ojos de Mia ardían desafiantes. Estaba indignada y tenía derecho a estarlo. Tenía razón, su pasado no era asunto suyo... Pero lo mataría saber que había estado con un hombre como el coronel.

–Tienes razón –dijo en tono áspero y atrayéndola hacia él–. Tu pasado no me interesa. Pero desde ahora, como mires a otro hombre....

Bajó la boca hasta la de ella. Mia se echó para atrás un instante, pero de inmediato se puso de puntillas y lo abrazó por el cuello.

La levantó en sus brazos y la llevó hasta un diván que había en una esquina de la terraza, se desnudaron y se enterró dentro de ella.

En el abrasador calor del medio día, bajaban por un estrecho camino que serpenteaba al lado de una hilera de robles blancos. Matthew llevaba una mochila sobre los hombros, y Mia una botella de agua colgando de una correa. No quería decirle a ella dónde iban, sólo que era un lugar especial y que era bonito. Cuando salieron de entre los árboles a un pequeño claro, Mia dio un grito ahogado de sorpresa.

–Oh –susurró–. Oh, Matthew... Tenías razón. Es maravilloso.

–Sí –aclaró la voz–. Me imaginé que te gustaría.

Mia miró a su alrededor, al anillo que formaban los árboles alrededor de la hierba, a la espumosa cascada que se precipitaba desde una colina a un estanque de color zafiro.

–Es como... como el Jardín del Edén.

–Es tranquilo –dijo él con suavidad– e inmaculado. La clase de sitio donde te sientes a salvo del resto del mundo.

Lo miró, sabiendo instintivamente que le había dejado tener una visión de él que había mantenido oculta al resto del mundo. Él pareció darse cuenta porque dibujó rápidamente una sonrisa avergonzada, arrojó al suelo la mochila y se quitó la camiseta.

–De acuerdo –dijo bruscamente–, el último en llegar friega esta noche los platos de la cena.

–¿Te vas a meter en el agua?

–Claro –dijo, riendo al ver el gesto de sorpresa en sus ojos.

–Pero... ¿qué pasa con las serpientes?

Matthew se quitó las sandalias.

–¿Qué pasa con qué?

–Matthew...

–Todavía no he visto ninguna anaconda.

Mia se quedó pálida.

–¿Anaconda?

–Sí. Ya sabes. Puede medir siete metros, tener treinta centímetros de grosor... Nena, me estoy riendo de ti. Nada de anacondas, nada de pirañas, nada de cocodrilos. Estamos en las montañas. El Amazonas está muy lejos.

–No he traído bañador.

Matthew se rió, se desabrochó el pantalón corto. Mia miró a su amante. Era espectacular. Era guapo, un pedazo de pura masculinidad. Esos hombros. Ese pecho. Ese largo e impresionante cuerpo...

–No juegas limpio.

–¿Qué? –preguntó ella, apartando la vista.

–Me estás mirando –dijo con voz ronca–, y no me estás dando a mí la misma oportunidad.

–Claro... Yo...

–Exactamente. Estoy en cueros. Tú llevas ropa –Matthew redujo la distancia entre los dos–. Deja que te ayude a desnudarte, nena.

–Puedo yo sola.

–Yo puedo hacerlo mejor.

Tenía razón. Oh, sí, él podía hacerlo mucho mejor. La sensación de sus manos en los brazos mientras le quitaba el top de algodón por encima de la cabeza. El roce de sus nudillos en el vientre mientras le desabrochaba los pantalones cortos. El susurro de su boca en la garganta mientras se inclinaba sobre ella, buscaba en la espalda y le desabrochaba el sujetador.

–Eres tan hermosa –levantó la vista hacia él–. Tan hermosa –dijo, besándola en la boca.

Le devolvió el beso, enterrando los dedos en el sedoso cabello de la base del cuello, sintiendo los pechos desnudos contra la piel de su pecho. Habían hecho el amor una y otra vez, pero estaba lista para él otra vez, los pezones erectos, deseando sus caricias, el lugar secreto entre sus muslos, húmedo y caliente. Y él siempre estaba listo para ella. La fuerza de su erección contra el vientre era la prueba, lo mismo que la forma en que sus manos recorrían su cuerpo.

Despacio se acercó más a él. Movió las caderas de modo que lo rozaran y disfrutó con el modo en que se quedó sin respiración. Tomó la cara de ella con las dos manos y la besó con fiereza.

—Bruja —dijo con un susurro ronco.

Saber que la deseaba tanto era electrizante. No tenía mucha experiencia, pero no era tonta. Sabía que Matthew podría tener cualquier mujer que quisiera.... pero la quería a ella.

—¿Es eso lo que soy?

—Sabes que lo eres.

Pasó los brazos por encima del cuello de él. Levantó una pierna y rodeó su cintura. Matthew gimió de deseo.

—Quédate así, voy a apoyarte en un árbol y poseerte aquí mismo.

Sus palabras, su tono, la emocionaron.

—Hazlo —dijo ella con la voz entrecortada por la excitación.

Todo en él cambió. Se le oscureció la mirada, se afinó la boca. Por un momento Mia temió al hombre que se había convertido en su amante... El hombre que había creído que iba a matarla.

—¿Matthew? —dijo, temblorosa.

La agarró de los hombros. La levantó hasta ponerla de puntillas. Le metió la lengua en la boca mientras la apoyaba contra un enorme árbol en el límite del claro.

—Matthew —dijo de nuevo—, espera...

Demasiado tarde. Su grito se ahogó por el sonido de la cascada. El primer empujón le hizo ponerse de puntillas, el segundo la llevó hasta un maravilloso clímax. Pero seguía moviéndose, bombeando en la profundidad de sus entrañas mientras ella se agarraba con fuerza a su cuello, lo rodeaba con las piernas mientras él la agarraba de las nalgas y la llevaba volando al paraíso junto a él, tan fuerte, tan rápido, que sólo podía gemir de placer mientras llegaba al orgasmo una y otra vez.

El rostro de Matthew se contorsionó; un grito ronco surgió de su garganta y explotó dentro de ella. Siguieron unidos el uno al otro un largo rato, los cuerpos brillantes por el sudor, los pulmones buscando aire.

–Nena –dijo con suavidad–, cariño, lo siento.

–No –dijo, negando con la cabeza.

–¿Te he hecho daño? No quería, yo sólo...

–No me has hecho daño. Ha sido... ha...

–Maravilloso.

–Sí.

Tomó el rostro de ella entre las manos, la miró a los ojos y la besó.

–Nunca... no sabía...

–No –dijo él sencillamente–. Yo tampoco.

La mantuvo a su lado hasta que sus corazones recuperaron el ritmo normal. Luego la miró, Tenía el rostro resplandeciente. Sintió como si unas alas se le movieran dentro del pecho, y dijo:

–Mia, Mia, yo... yo...

–¿Qué? –preguntó ella, y esperó.

El bosque pareció esperar también, parecía como si todas las criaturas que vivían allí se hubieran detenido a esperar con ella.

–Me alegro de haberte encontrado.

Alzó la vista hacia él.

–Me alegro de que me encontraras –dijo ella con suavidad.

Matthew sintió que se le hinchaba el corazón. La besó una y otra vez y, a lo mejor porque había algo más que decir pero no estaba preparado para decirlo, la envolvió con sus brazos y dibujó una sonrisa malévola.

–Hora de bañarse –dijo él.

–No, Matthew, seguro que está fría.

–¿Lista o no? –dijo, y corrió y se lanzó con ella al agua.

–Matthew –susurró, y lo besó.

Su boca era un cálido contraste con el frío del agua. Sentía su cuerpo fuerte al lado de ella...

Y finalmente reconoció que no tenía sentido mentirse a sí misma: en algún momento entre el día anterior y esa mañana, se había enamorado de Matthew Knight.

Capítulo 9

LOS días y las noches se sucedían. No había relojes ni calendarios. Nadie del mundo exterior que los observara. Ninguna regla que obedecer. Los amantes reían y charlaban; disfrutaban de la comida que Evalina preparaba, bebían los vinos que había en la bodega. Nadaban en la piscina olímpica que había tras la casa y disfrutaban del spa del patio. Daban largos paseos por el bosque y conducían por las estrechas carreteras que recorrían las montañas. Jugaban al Monopoly y al Scrabble y veían películas de miedo realmente malas en la tele por satélite. Eso era lo que hacían cuando no estaban haciendo el amor.

–¿Te gusta esto? –diría Matthew, inclinándose sobre los pechos de Mia–. ¿Esto? –susurraría, separándole los muslos–. ¿Y esto? –preguntaría con voz ronca, deslizándose dentro de ella.

Sus suspiros, sus gemidos, el movimiento de sus músculos cerrándose alrededor de él, le decían todo lo que necesitaba saber. Todo excepto la auténtica razón por la que había huido de Cartagena. Ya la conocía. Era guapa y femenina. Pero era fuerte en todo lo importante. No se la podía imaginar huyendo de Hamilton. Lo hubiera mirado a los ojos y le hubiera dicho a ese canalla lo que pensaba de él, pero huir... Cuanto más conocía a Mia, menos se parecía a lo que había creído que era. Había desistido de pedirle que le contara la verdad. Le dolía que no lo hiciera, pero suponía que ella tendría buenas razones para no hacerlo. Cuando estuviera preparada, se la diría, compartiría la verdad con él. Mientras tanto, estaban inmersos en un viaje por los sentidos. Mia, desinhibida en sus respuestas sexuales, había sido, al principio, reservada a la hora de explorar el cuerpo de Matthew.

–Dime lo que te produce placer –había susurrado, y él le había dicho que era ella lo que le producía placer.

Era cierto. Sólo verla peinarse o entrar en el baño era suficiente para que tuviera una erección.

–Dímelo –había insistido.

–Tócame y descúbrelo –había respondido finalmente con una sonrisa.

Y lo había hecho. Una noche, en la terraza, con sólo la luz de la luna, se desnudó para él. Mia no se dejó ayudar, tampoco tocar. Lo hizo ella sola, muy despacio. Para cuando la ropa estaba en el suelo, Matthew estaba medio loco. Empezó a quitarse la camisa, y ella lo detuvo.

–Es mi trabajo –dijo ella con suavidad.

Le quitó la camisa. Los vaqueros. No llevaba ropa interior, y cuando su sexo quedó libre, entre las manos de ella, tuvo que apretar los dientes para no terminar en ese mismo momento.

–¿Esto es para mí? –ronroneó ella.

Y lo llevó hasta el límite. Lo acarició. Lo saboreó. Bajó sobre su hinchado miembro mientras lo miraba a la cara. Lo montó, con la cabeza echada para atrás, con los ojos cerrados, en éxtasis. Dejó que creyera que era ella quien tenía el control hasta que, con un grito primitivo, la colocó debajo, le puso los brazos por encima de la cabeza y la llevó hasta el final una y otra vez, hasta que lloró pidiendo piedad.

–Por favor –susurraba–. Matthew, por favor...

Le soltó las muñecas. La besó. Después se subió

sobre ella de nuevo y consiguió que volviera a gritar su nombre en la noche. Cayó sobre ella. Sabía que era demasiado grande, demasiado pesado, pero no podía moverse, no quería. Mia tampoco quería que se moviera.

–No te muevas –susurró ella.

La besó en la boca, en el cuello, después se tumbó a su lado y la abrazó hasta que se quedó dormida. Matthew miró la luna. Aquellos días y noches lo habían cambiado. Años antes una mujer con la que hubiera tenido una aventura se habría enfadado con él por su actitud. Era, hubiera dicho ella, un lobo solitario. Y era cierto. Menos con sus hermanos, siempre había preferido estar solo. Pero se encontraba feliz con Mía. ¿Qué significaba eso? Matthew meditó, pero desistió de buscar la palabra.

Otro largo y perfecto día. Fueron hasta una pequeña ciudad en Los Andes donde sólo con cruzar la calle estaban en Brasil. Matthew compró a Mia una muñeca hecha con maíz. Ella a él, un fetiche que colgaba de una tira de cuero.

Era, según dijo el vendedor, un trozo de hueso del más valiente de los animales: el águila.

–Un águila para un hombre que lleva un águila –dijo Mia suavemente mientras le colgaba del cuello el amuleto.

Para alegría de Mia, Matthew se ruborizó.

–¿De verdad te creías que no había visto el tatuaje? Es precioso, como tú.

Matthew se ruborizó aún más.

–Vas a pagar por esto –dijo, lo que hizo aumentar la alegría de ella.

–Eso espero –y echó a andar de nuevo–. ¿Te hiciste el tatuaje en el ejército?

–¿En el...? –tensó la mandíbula–. ¿Quieres decir cuando era soldado? No. Antes. Fue una cosa de críos. Tengo dos hermanos.

–¿Mayores?

–Sí. Nos llevamos un año y siempre hemos estado muy unidos. Bueno, la cuestión es que los tres hicimos una estupidez la noche antes de que Cam, el mayor, se fuera a la universidad.

–Os disteis cuenta de que os ibais a separar, seguramente por primera vez, y eso os afectó –acarició el hombro–. Me parece bonito.

–La verdad es que estábamos borrachos. En ese momento nos pareció un recuerdo, algo que podríamos compartir. Así que fuimos a un sitio que conocía Cam y discutimos sobre qué tatuarnos: una calavera con unos huesos cruzados o un águila.

–Me alegro de que eligierais un águila.

–Sí, yo también. De todos modos fue una chiquillada.

–Una bonita chiquillada –dijo, abrazándolo.

–¿Crees? –dijo, encantado con la sonrisa que veía en su rostro.

–Seguro. Soy hija única. Hubiera dado cualquier cosa por tener hermanos o hermanas –lo miró–. Además... el águila es muy sexy.

–Tú eres la sexy –dijo Matthew, y la besó en medio de la calle para que todo el mundo lo viera.

Una tienda atrajo la atención de Mia. Matthew vio cómo miraba un vestido color melocotón en el escaparate.

–Entremos para ver las cosas más de cerca –dijo él.

Mia negó con la cabeza. No era una tienda para turistas, sería todo muy caro.

–No –dijo ella–, es precioso pero...

Matthew la agarró de la mano y la arrastró hasta la tienda. Una sonriente mujer estaba en pie delante de ellos.

–Buenos días.

–Buenos días, señora. Queremos comprar un vestido, el del escaparate –dijo él.

–¡No! –Mia dedicó a la señora una breve sonrisa, después se volvió a Matthew–. No quiero comprar el vestido –susurró–. Es demasiado caro.

–Quiero comprarlo –dijo él con suavidad.

–No puedo dejarte.

–Ajá –dijo–. ¡Discriminación! –su expresión era sería, pero había risa en sus ojos–. Un helado sí, pero no un vestido.

–Matthew –Mia trató de no sonreír–. Eso es una estupidez.

–Primero discrimina y después me insulta –se volvió hacia la dependienta–. ¿Qué se supone que tiene que hacer un hombre con una mujer como ésta, señora? A menos... –miró a Mia–. A menos que no te guste el vestido.

–Claro que me gusta. Es precioso, pero...

–Crees que no es de tu talla. En realidad parece un poco pequeño.

–No es demasiado pequeño.

–¿Seguro?

–Sinceramente, Matthew...

–Sinceramente, Mia –dijo cortés–. Voy a comprar el vestido –la agarró de la cintura, la señora sonrió–. Quiero verte con él... y después quiero quitártelo. Desabrochar todos esos diminutos botones...

Los ojos de Matthew se oscurecieron del mismo modo que cuando hacían el amor. La besó, y después sus miradas se encontraron. Mía, pensó, mía para siempre. Estaba profunda, apasionadamente enamorado.

Mia se cambió en el probador. El vestido era bonito. Nunca había tenido nada así. Su vista se dirigía a los pequeños botones que lo recorrían de arriba abajo y se imaginaba a Matthew desabrochándolos uno a uno.

Llamaron a la puerta. Unas manos masculinas entraron lo justo para mostrar unas sandalias, un bolso dorado y una mantilla negra demasiado fina como para ser real. La emoción que llenó a Mia era igual: demasiado frágil para ser real. Inclinó la cabeza hacia la puerta, y dijo:

—Matthew, de verdad, no puedo...

—Vamos a cenar en un restaurante que la señora asegura precisa de toda esta elegancia –se podía sentir la sonrisa en su voz–. ¿Cómo vamos a decepcionarla?

La señora tenía razón. El restaurante era perfecto. Era pequeño y con velas. Un grupo de músicos tocaban suavemente. Su mesa, en un rincón, ofrecía una vista como la de un cóndor. Además, la única visión que Matthew quería era la de Mia. Había acertado con el vestido. Parecía hecho para ella. Su piel, sus ojos, su pelo cayendo sobre los hombros, parecía todo hecho de oro. Pidió para los dos carne, ensalada y una botella de vino chileno. Mia decía que todo estaba maravilloso, y él la creía, pero no podía saborear nada. Ella llenaba sus sentidos. La amaba. ¿Y qué demonios iba a hacer? ¿Puede un hombre decir a una mujer que la quiere cuando guarda un secreto que no quiere compartir con él? Porque la verdad era que las tripas le decían que lo que Mia había dicho de dejar a

Hamilton era mentira. ¿Por qué no le dejaba conocer la verdad? Lo mataba que no confiara lo bastante en él... ¿pero quién era él para juzgarla? También él tenía sus secretos. Le había contado que había sido soldado. De acuerdo, lo había sido, pero había mucho más. Había sido espía. Había sido agente de una agencia del gobierno sin rostro y, aunque hubiera sido por su país, había hecho cosas... ¿Cómo se sentiría ella si supiera que tenía un pasado que aún lo perseguía? ¿Si sabía que había sido incapaz de salvar a Alita o de vengar su muerte? Demasiadas preguntas. Muy pocas respuestas. Pero sólo una importaba: ¿cuando le dijera a Mia que la amaba, le diría ella que también lo amaba? Se inclinó sobre la mesa en busca de su mano. Se lo diría en ese momento.

–¿Mia?

–¿Sí?

Sus miradas se encontraron. Nunca la había visto tan feliz. Se enorgullecía de su coraje, pero en ese momento tenía la boca seca.

–Mia –dijo, y echó para atrás la silla–. Nena, ¿bailas conmigo?

La tomó entre sus brazos. Cerró los ojos y la abrazó más fuerte. Acarició su pelo con los labios.

–¿Feliz? –preguntó son suavidad.

Mia asintió con la cabeza. Tenía miedo de hablar y de que se le escaparan las lágrimas. ¿Cómo podía haberse convertido su horrible huida de Cartagena en semejante felicidad? Había preguntas que no tenían respuesta, pero ¿qué más daba? Todo lo que importaba era aquello. Estar entre lo brazos de Matthew. Saber que lo amaba. Saber que confiaba en él. Porque era así. No importaba lo que había creído al principio que era, confiaba en el. Era el momento de decirle la verdad. Contarle todo de principio a fin: que trabajaba para algo sin rostro llamado la Agencia y para la que no volvería a trabajar nunca; que había sido enviada a Cartagena como asistente personal de Hamilton para descubrir que estaba trabajando para el cártel de Rosario; que Douglas se había ido volviendo suspicaz; que la había acusado de espiarlo, que ella lo había negado y él había decidido recurrir a lo que llamaba «su seguro»: hacer que pareciera que ella había tratado de introducir coca en Estados Unidos.

–Haz cualquier tontería, y te entregaré a las autoridades locales –había dicho con una sonrisa cínica–. Imagínate lo que debe de ser pasar unos años en una prisión colombiana.

Y había dejado igual de claro que parte del precio que tenía que pagar por permanecer fuera de la cárcel, era calentarle la cama. Ahí había sido cuando había decidido escapar. Había encontrado la lista de los contactos de Douglas con el cártel y las cantidades que le habían pagado ocultas en su ordenador. Descargó los datos en un minidisco y huyó. Si hubiera conseguido llegar a Bogotá, a la embajada... Pero Matthew la interceptó. Y aunque lo había enviado Douglas, había llegado a confiar en él.

–Matthew –dijo sin aliento. Las parejas a su alrededor seguían bailando, pero Mia se detuvo–. Tengo que hablar contigo.

Vio inmediatamente que él había entendido. Que no se trataba de comentar la calidad del vino o de la comida. Quería hablar de lo que los había unido... y al mismo tiempo los mantenía separados. Volvieron a su mesa, se echó la mantilla por encima de los hombros y recogió el bolso mientras él dejaba un puñado de billetes en la mesa. Salieron a la oscuridad de la noche.

Fueron en silencio en el coche. Cuando llegaron a la casa, Matthew se bajó del Escalade y ayudó a salir a Mia. La luna colgaba encima del bosque, convertía en marfil el camino entre los árboles, el que llevaba al claro con la cascada y el estanque de zafiro. Al lugar que sólo les pertenecía a ellos. Todo estaba en silencio. Expectante. Incluso las criaturas que cazaban en esas horas de oscuridad estaban quietos. Cuando llegaron al claro, Matthew se volvió hacia ella.

—Mia —dijo con suavidad.

No, pensó ella, todavía no, y le cubrió la boca con la mano.

—Has dicho que querías verme con este vestido —susurró—. Ya es hora de que me veas sin él.

La llamó por su nombre, la trajo hacia él y la besó, suavemente al principio, después cada vez con más urgencia. Ella lo besó del mismo modo, como si ambos temieran que la noche se les escapara. Despacio, uno a uno, desabrochó los botones del vestido. Cuando cayó a sus pies, Matthew sintió que se le detenía el corazón. Mia sonrió.

—Era un secreto —murmuró—, entre la señora y yo.

El sujetador era de encaje transparente del mismo color que el vestido. Lo mismo que el tanga. Con aquella luz, parecía un regalo de los dioses. Matthew la besó en la boca. A lo largo del cuello. En el nacimiento de los pechos mientras desabrochaba el sujetador. Después en los pezones, con los dientes y la lengua. Mia le quitó la chaqueta gris de los hombros. Desabrochó los botones de la camisa. Era precioso, todo músculos y piel bronceada. Lo besó en los labios, los hombros, el pecho. Acarició los bíceps y el tenso vientre. Él la agarró de las muñecas.

—Mia —dijo con fuerza—. Lo eres todo para mí. Quiero que lo sepas. No importa lo que pase.

Se puso de puntillas y lo besó. Después deslizó la

mano por debajo de la cintura y agarró su sexo duro y caliente. El tiempo de hablar se había agotado. Matthew se quitó el resto de la ropa, y deslizó el tanga de seda de ella por las piernas. Después la tumbó en la hierba y la penetró.

–Matthew –susurró, levantándose para él. Moviéndose con él. Uniéndose a él en cada empujón hasta que volvió a gritar, hasta que la cara de él se contorsionó y su cabeza se cayó hacia atrás y llegó a un caliente e interminable clímax que llenó sus entrañas. Que llenó su corazón.

Un largo tiempo después, entre los brazos de Matthew, Mia suspiró.

–Tenías razón –dijo con suavidad–. Me siento segura aquí. Me gustaría no irme nunca.

Era la primera vez que uno de los dos admitías que aquellos días se los habían robado al tiempo.

–Este claro nos pertenece, nena. Donde quiera que estés, pase lo que pase, cierra los ojos y volverás aquí.

¿Sería verdad? Mia tenía la sensación de que no volvería a ver ese claro del bosque. Sintió un escalofrío a pesar de que la noche era cálida y Matthew la tenía entre sus brazos.

–¿Qué pasa, nena?

–Nada –dijo rápidamente–. Sólo que... he sentido frío, eso es todo.

–Vamos, encenderemos fuego en la chimenea, tenemos brandy...

–Y hablaremos.

–Sí.

–Porque... porque tengo que contarte la verdad, Matthew, la verdad sobre Douglas y yo.

–En cuanto lleguemos a casa.

Se vistieron. Matthew le pasó el brazo por los hombros y caminaron juntos a la luz de la luna.

Tenía que decirle la verdad, había dicho, sobre Hamilton y ella.

¿Por qué sonaba aquello tan inquietante?

Capítulo 10

MIA tropezó al subir los escalones de la terraza. Matthew la sujetó.

–¿Estás bien?

–Sí, se me ha enganchado el tacón, eso es todo –sonrió–. Creo que no estoy acostumbrada a los tacones altos.

Ella rió, y pensó: «Aquí estás por última vez, riendo por una tontería al lado del hombre que amas»

–Voy a quitarme los tacones, ¿vas encendiendo el fuego?

–¿Estás segura?

–Afirmativo –le acarició en la cara y sintió la aspereza de la barba después de todo el día. Recordó cómo le gustaba esa sensación en los pechos–. Matthew..

–¿Sí?

«Te amo», pero de pronto le dio miedo pronunciar esas palabras.

–¿Qué pasa cariño? –requirió él.

–Nada –dijo deprisa–. Enciende el fuego y sirve un poco de brandy. Iré en un minuto.

La besó. Después abrió las puertas y entró en la casa. Sabía lo que estaría haciendo en ese momento: introduciría el código que desactivaba la alarma, se quitaría la chaqueta y se dirigiría hacia la chimenea...

–Hola, Mia.

Una mano le cubrió la boca, ahogando el grito en

su garganta. «Douglas. Era Douglas. Estaba aquí, aquí», pensó.

–Silencio –le dijo al oído, y apretando aún más la mano–. Ni un ruido, ¿entiendes?

Ella asintió. Douglas la soltó. Lentamente Mia se volvió hacia él.

–¿Qué tal estás, muchacha? –dibujó una sonrisa fría–. No necesito que respondas. Ya lo veo. Tienes aspecto de feliz.

–Douglas...

Gimió cuando la agarró de la barbilla y le clavó los dedos.

–¿Qué te he dicho? –susurró–. Yo hablaré, tú sólo mueve la cabeza. Y ahora, querida niña, te explicaré lo que vamos a hacer.

–¿Mia?

–Respóndele –susurró Douglas, y sintió algo duro y metálico apretar contra uno de sus pechos–. Y que parezca que todo va bien o...

–Un minuto, Matthew.

–El fuego está listo, cariño. Estoy sirviendo el brandy.

–Cariño –imitó Douglas–. ¡Qué cálido! –apretó más el cañón de la pistola–. Parece como si el valiente señor Knight pudiera hacer cualquier cosa por ti. La cuestión es, ¿harías tú cualquier cosa por él?

–Douglas, por favor, te lo ruego...

–Vas a volver a Cartagena conmigo.

–¡No!

–Vas a decirle que es idea tuya. Que tuvimos una pelea de enamorados pero que, al verme venir a buscarte, te has olvidado y quieres volver conmigo –apretó aún más la pistola–. Hazlo –ordenó Hamilton–, y hazlo creíble o lo mataré. Dispararé primero mientras tú lo ves, querida niña, y ya no habrá nada que puedas hacer para ayudarlo. ¿Entendido?

Mia sollozó.

—¿Eso es un sí?

—Sí —susurró ella.

—Excelente. Y por si piensas que él puede tener alguna oportunidad... No estoy solo. Dos de los hombres de Rosario están ahí, en lo oscuro. Si algo va mal en este pequeño drama, ellos se harán cargo.

Se encendieron las luces. Hamilton le pasó el brazo por el hombro. La otra mano en el bolsillo de la chaqueta con el arma. Las puertas se abrieron. Matthew salió... y se quedó rígido. Hamilton, ¿allí? No podía creerlo. Nadie, excepto sus hermanos, conocía ese sitio.

—Buenas noches, señor Knight. Me alegro de volverlo a ver.

¿Por qué estaba Mia tan cerca del hombre de quien había huido? ¿Por qué le pasaba un brazo por el hombro? Matthew retiró la vista de ella y miró al coronel.

—¿Qué hace usted aquí?

—No creo que se crea la historia de que pasaba por aquí... No, no lo creo.

—Salga de mi propiedad.

—Venga, señor Knight. Americanos en suelo extranjero. Creí que sería más hospitalario, sobre todo con la persona que le contrató.

—No me ha contratado. No hay dinero de por medio.

—Es cierto, pero usted aceptó buscar a Mia, y aquí está.

—¿Mia? —Matthew miró a la mujer que amaba. Estaba pálida. Menuda impresión encontrarse a Hamilton allí—. Mia —dijo con suavidad, tendiéndole la mano—, ven conmigo, nena.

—Está muy feliz donde está, señor Knight, ¿verdad, querida? Bueno, no responde. Me pidió que yo me hi-

ciera cargo de esto. Comprensible si piensa en lo bien
que le ha tratado.

—Mia —dijo Matthew, cortante—. Apártate de él. Ya.

—No me gusta oírle dar órdenes a mi prometida, señor Knight.

—No es su prometida.

—¿Eso es lo que le dijo? —el coronel sacudió la cabeza—. Mia, Mia, ¿por qué juegas con estas cosas?

—Douglas —dijo Mia con voz temblorosa—. Douglas, por favor...

—Hamilton —dijo Matthew en tono agresivo—. Suél-
tela. Ahora.

El coronel alzó las cejas.

—De verdad, señor Knight...

—Ahora —gritó Matthew.

Hamilton se encogió de hombros. Agarró con fuerza la pistola y se apartó de ella.

—Si es eso lo que quiere. Pero me temo que no cambiará nada. Mia entiende la situación, ¿verdad, querida
niña?

Mia asintió. Sí, entendía. La mano de Hamilton estaba en el bolsillo empuñando una pistola. En algún
sitio entre las sombras, dos hombres que mataban por
placer apuntaban con sus armas al hombre que amaba.
El hombre al que sólo podía salvar la vida rompiéndo-
le el corazón.

—Mia —dijo Matthew, mirándola a los ojos—. Ven
conmigo. Te protegeré.

—No hay que protegerme de nada —dijo con cuidado—. Estoy bien, Matthew. Sé que te cuesta creerlo,
pero de verdad, estoy bien.

Matthew entornó los ojos. Mia sabía que él estaba
pensando que mentía, incluso podía llegar a descubrir
por qué lo hacía. No podía dejar que eso sucediera. A
lo mejor tenía alguna oportunidad contra Douglas,
pero los hombre escondidos le dispararían de inmedia-

to. Mia respiró hondo, se acercó al coronel y se obligó a rodearlo con un brazo.

—Mia —dijo Matthew en un rugido—. ¿Qué demonios haces?

—Yo... yo... —lo que veía en la cara de Matthew iba a hacer que se echara a llorar—. Matthew, yo...

—Está bien, querida —dijo el coronel—. Lo haré yo por ti. Ya ve, Knight, tenía la esperanza de que hubiéramos podido estar a solas. Dos hombres de mundo discutiendo un problema sin la presencia de Mia para complicar las cosas.

—Muy bien. Hagámoslo —dijo Matthew sin dejar de mirar a Mia—. Salga de mi propiedad y llame para concertar una cita.

—Ya lo he hecho. Varias veces —Hamilton volvió a sonreír—. No parece haber revisado sus mensajes. Pero lo entiendo. La señorita Palmieri puede ser una gran distracción. Supongo que es por eso por lo que se muestra tan hostil conmigo. No es forma de actuar de un agente del gobierno.

—¿Qué? —dijo Mia en un jadeo.

—Está mintiendo. Trabajaba para ellos, pero ya no. Maldita sea, Hamilton, ¿qué está pasando aquí?

—Tiene razón. Ya no trabaja para ellos —rió Hamilton—. Ahora trabaja por libre, para el mejor postor. Ya sé. Resuelve situaciones difíciles. Encuentra la forma de resolver las cosas en situaciones en que la gente que le contrata no se siente capaz.

—¡Está mintiendo! ¡Me pidió que te encontrara! No tengo nada que ver con el gobierno. ¿Mia? Maldita sea, dime algo.

—Deja que me explique por ti, querida. Ya ve, señor Knight. Mia vino a Cartagena como mi asistente personal, pero era mucho más que eso. Nos habíamos enamorado en Washington y queríamos estar juntos.

—¿Mia? —dijo Matthew, y ella supo que seguiría escuchando la desesperación en su voz mientras viviera.

–Pero la chica decidió darse un paseo por el lado salvaje. ¿Lo de la droga introducida a través de la valija de la embajada? Todo verdad. Como mi secretaria, tenía acceso y cobertura. Desafortunadamente para ella, lo descubrí. Sentí pena por ella y le dije que se lo perdonaría si volvía inmediatamente a los Estados Unidos.

«Matthew», pensó Mia, «oh, Matthew, mi amor...».

–Me avergüenza decir que abusó de mi confianza. Se escapó de mi casa con una lista de agentes federales encubiertos en Cartagena. Tenía que recuperarla, pero no podía decírselo a nadie.

–Se implicaría usted mismo por haberla encubierto.

Hamilton asintió. Matthew se volvió a Mia.

–Dime que está mintiendo.

–Sí, querida niña –dijo Hamilton suavemente–. Dile lo que quiere escuchar y las consecuencias serán funestas.

La advertencia era clara. Hamilton había construido una mentira monstruosa basada en retazos de la verdad. Mia respiró hondo.

–No puedo... no puedo decirte eso, Matthew.

–¿Intentaste traficar con coca?

Todo lo que pudo hacer fue susurrar:

–Sí.

–Robaste una lista de agentes infiltrados. ¿Estabas dispuesta a pasársela a la gente que los mataría? –la agarró de los hombros, y gritó–. ¿Eres esa... esa basura de mujer?

No respondió, pero sabía que Matthew interpretaría su silencio como un sí.

–¿Y te acostaste conmigo por eso? –apretó los labios–. Diablos, ni siquiera intentes responderme. Sé por qué. Acostándote conmigo me mantenías a raya. Me mantenías apartado de Hamilton. Evitabas que volviera y me enterara de todo.

–Triste pero cierto, me temo –dijo Hamilton a modo de sentencia–. Es muy buena a la hora de conseguir que los hombres hagan lo que quiere.

Matthew lo ignoró.

–Una última oportunidad –dijo a Mia suavemente, como si estuvieran solos–. No es demasiado tarde. Dime que no era mentira. Todo lo que has hecho en mi cama, lo que hemos compartido... –la angustia y la furia se mezclaban en sus ojos–. Dime que es él quien miente. Dilo y te creeré –Mia quería abrazarlo. Ofrecerle la boca y decirle que lo amaba, lo adoraba, que lo amaría hasta el final de los tiempos...–. Dilo, maldita sea –rugió.

No respondió. Los ojos de Matthew se volvieron de hielo, apartó las manos de ella con un cuidado exagerado y se apartó. El hombre del que se había enamorado se había ido y había sido reemplazado por el peligroso extraño que la había raptado en el hotel unos días antes.

–¿Qué va a pasar ahora?

La pregunta se la planteó a Hamilton. El coronel suspiró.

–La llevaré a Cartagena. Devolverá lo que robó y se comportará como es debido de ahora en adelante o se lo diré a mis superiores aunque eso suponga que tenga que enfrentarme a un juicio militar por encubrimiento –hizo una pausa–. Lo siento, señor Knight, debería haberme dado cuenta de que Mia podría... Es la clase de mujer que sólo con verla puede... Bueno. No importa. ¿Mia? ¿Supongo que llevas contigo la lista de agentes? –ella asintió, el coronel la agarró de la muñeca con una mano por la cintura y le tendió la otra a Matthew–. Adiós, señor Knight. Gracias por su ayuda.

Matthew miró la mano extendida, y de forma deliberada se metió la suya en el bolsillo.

–Lárguese de mi propiedad, coronel –repitió en voz baja y mortecina–. No quiero volver a verlo, para mí está muerto.

Mia notó la furia de Hamilton por la forma en que le apretaba la muñeca, pero su voz no dejaba traslucir nada.

–Vamos, querida niña. Ya hemos hecho pasar un mal rato al señor Knight. Dejémosle pasar su enfado en privado.

Mia no movió los pies. Hamilton tiró de ella por los escalones hasta la tierra.

–Matthew –dijo en un susurro roto. Hamilton la agarró con más fuerza, pero ella se dio la vuelta y le dedicó una última mirada a su amante–. Es lo mismo que haber elegido la calavera y los huesos en lugar del águila... El fin siempre justifica los medios.

–Una palabra más –musitó Hamilton–, y habrás firmado su sentencia de muerte.

Su patético intento de avisar a Matthew de que Hamilton la había obligado a ir con él había fallado. Matthew se había dado la vuelta y echado a andar hacia el final de la terraza. Lo había perdido, para siempre. El coronel la arrastró hasta donde se encontraba su coche con el chófer. Una vez allí, le ató las mano y la colocó en el asiento de atrás.

El chófer arrancó el motor y se dirigió a la carretera.

–Los hombres que estaban contigo –dijo, desesperada–. Diles que se vayan.

Hamilton soltó una carcajada.

–¿No era una historia excelente? Me encanta que te la creyeras –se inclinó sobre ella–. Casi no puedo esperar a llevarte a casa, querida niña. Lo bien que lo vamos a pasar juntos.

Le escupió a la cara. Hamilton gruñó y se limpió con el dorso de la mano. Ya nada importaba.

Nada, estando sin Matthew.

El sonido del motor del coche se fue apagando, y el silencio volvió al bosque. Matthew se quedó de pie en la terraza, inmóvil, mirando a la oscuridad de la noche maldiciéndose a sí mismo. Y a Hamilton. Y al gobierno... Y a Mia. ¿Cómo podía haber sido tan imbécil? Sabía lo fácil que era juzgar mal las circunstancias cuando se encontraba sometido a una situación de estrés, lo fácil que era apartarse de la verdad. Había un sin fin de trucos en las operaciones encubiertas. Mentiras, fabricación de pruebas, ocultaciones. Agentes dobles, hombres que, mirándote a los ojos, te juraban que decían la verdad. Mujeres entrenadas en el arte del engaño, de la seducción. Apretó los puños. ¿Cómo podía haber sido un objetivo tan fácil? Había ido tras Mia sabiendo exactamente lo que era, pero de alguna forma había perdido la cabeza. Era inocente, había dicho ella. Y lo había creído. No le había costado mucho convencerlo. Unos besos apasionados, algunas noches en su cama, pensó fríamente, y se había convencido él solo. Si había algún consuelo en todo aquello, era que al menos esa noche no había hecho el idiota del todo. Si hubiera llegado a decirle que la amaba. Se imaginaba de pie en la terraza, con ella entre los brazos, diciéndole: «Mia, te amo».

No lo hubiera hecho nunca. Se había dado cuenta de que nunca la había querido y no la querría nunca. Que la amaba era otra más de las mentiras que se había dicho a sí mismo. A lo mejor tenía que ver con la forma en que se habían conocido. Él como cazador, ella como la presa. Había algo excitante en aquello, ¿verdad? O a lo mejor había sido el modo en que había temblado entre sus brazos. Cómo levantaba su rostro hacia él cuando la besaba...

Se agarró a la barandilla de la terraza. ¿Qué importaba todo aquello? Se había terminado. Giró sobre los talones y entró en la casa, agarró las dos copas de brandy y se acercó al bufete. Lo que había sentido por Mia había sido lujuria. Lujuria...

¡Maldición! Su rostro se crispó. Arrojó las copas contra la chimenea. Después agarró la botella y le dio un largo trago. Pensó en todo lo que le hubiera gustado decirle antes de irse. Que acostarse con ella no había significado nada para él. Que se había acostado con al menos una docena de mujeres que eran mucho mejor en la cama de lo que ella sería nunca. Que abrazarla durante toda la noche había sido parte del juego.

Tomó otra trago. Todo había sido un juego. Para los dos. Y había estado bien. Incluso después de un tiempo, sería una buena historia que contar.

Otro trago de brandy. Y luego otro y otro hasta que la botella estuvo medio vacía. Después apagó el fuego. Agarró la chaqueta, se aseguró de que llevaba las llaves, la cartera, el pasaporte.

–Hora de irse a casa –dijo en medio del silencio de la noche.

Hora de volver a su vida. A Dallas.

Capítulo 11

ERA increíble la cantidad de cosas que el dinero podía comprar. Matthew era rico. Nunca había pensado en sí mismo de ese modo. Había crecido siendo rico, pero el dinero era de su padre. No había querido nunca nada de él. Su empresa le había hecho rico por sí mismo. Había comprado un dúplex en Turtle Creek y un Ferrari. Vivía bien, viajaba bien. Compraba cosas que le gustaban, regalaba cosas caras a las chicas con las que salía. Por primera vez en su vida sabía lo que podía hacer el dinero. Salió en coche del valle hacia un pequeño aeropuerto privado, recorriendo la estrecha carretera a una velocidad que hubiera sido de locura incluso aunque no hubiera bebido, pero le daba igual. La verdad era que no le importaba qué pudiera pasar. Se sentía igual que cuando acababa de dejar la Agencia. Nada le importaba lo más mínimo. Y sabía que eso era peligroso. Había sobrevivido a esos momentos difíciles entonces y volvería a sobrevivir. Era cerca de medianoche cuando llegó al aeropuerto. No había nadie, sólo un número de teléfono en la puerta. Para emergencias, ponía. Maldita sea, aquello lo era, así que sacó su teléfono. Un par de señales y estaba hablando con una voz soñolienta que tenía un Learjet 60. El señor sí podía volar a los Estados Unidos, pero no en ese momento. Era imposible. No se podía volar desde Cachalú por la

noche. Las montañas... era demasiado peligroso.
Por la mañana y por los honorarios establecidos...

–¿Cuánto eran los honorarios establecidos? –preguntó Matthew.

El piloto dudó.

–Quince mil dólares –dijo.

Matthew ni parpadeó.

–Lléveme ahora –dijo–, y lo doblo.

Una hora después estaban en el aire. Cinco horas
después no estaba en casa, estaba en Houston.

Su padre abrió la puerta él mismo. Avery estaba
sin afeitar y con ojos de sueño, pero eran apenas las
seis de la mañana. Matthew había llamado en cuanto
aterrizó y despertado a su padre para decirle que estaría allí en media hora.

–¿Café? –dijo Avery–. Acabo de hacerlo.

Matthew asintió y siguió a su padre a la cocina. El
café estaba cargado y caliente y le añadió una buena
cantidad de azúcar. Cafeína y azúcar... necesitaba las
dos cosas.

–¿Cómo estaba Cartagena? –preguntó su padre
desde el otro lado de una mesa de mármol.

La pregunta del siglo, pensó Matthew, y sonrió tímidamente.

–Hacía calor.

–Sí, bueno... Supongo que conocerías a Douglas
Hamilton.

–Oh, sí, lo conocí –Matthew entornó los ojos–.
Dime, padre, cuando me pediste que le ayudara, ¿sabías
la clase de hombre que era?

–La clase de hombre que...

–Hamilton es un hijo de perra.

–¿Sí? No le conozco. Es su padre quien era amigo
mío.

–Quería que cazara a una mujer –apretó la mandíbula–. A su mujer.

–¿Era eso lo que quería? Lo siento hijo. De haberlo sabido, nunca te habría metido en ello.

Matthew sintió que parte de su rabia se desvanecía. El desconcierto de Avery no podía ser fingido. ¿Cuándo le había llamado hijo o se había disculpado?

–Bueno, sí, la encontré.

–Entonces, ¿por qué pareces tan disgustado?

Matthew miró a su padre. «No es asunto tuyo...», iba a decir, pero lo que dijo fue algo completamente diferente.

–Me lié con ella –dijo tranquilamente–. Todo se convirtió en un asunto personal, y no debería haber sido así.

–Estar preocupado por una mujer puede complicar mucho las cosas.

–No estoy preocupado por ella –zanjó Matthew–. He dicho que me lié con ella, eso es todo, sólo... sólo –sus ojos se encontraron con los de Avery–. He hecho el tonto, eso es lo que he hecho –dijo–. Maldita sea, debería haberlo sabido.

–No puedes saber cuándo te vas a enamorar.

–Padre, te he dicho...

–Es lo que me pasó a mí cuando conocí a tu madre.

Matthew levantó las cejas. No podía recordar a su padre hablando de su madre.

–La quería tanto, que tenía miedo de demostrarlo. Tu madre cambió mi vida, y me imaginaba que si dejaba de amarme... –Avery dejó escapar una carcajada de autodesprecio–. Pero nunca lo hizo. Su amor fue lo único constante en mi vida. Cuando murió... cuando murió. Me creí perdido. Me volqué en el trabajo y... y me desentendí de ti y tus hermanos. Me arrepiento, pero...

–Sí –dijo Matthew sin rodeos–. Lo hiciste –suavizó la voz–. Pero... me alegro de que me digas cuál fue la razón. Quiero decir que puedo entender lo destrozado que te quedaste por la pérdida –se aclaró la garganta–. Esto no es lo mismo. Esta mujer... no me amaba. Y yo tampoco a ella.

–Claro que no –dijo Avery tranquilamente.

Padre e hijo tomaron un sorbo de café en silencio. Después Matthew suspiró y se puso de pie.

–Tengo que ir a la oficina.

–Con suerte, hijo, mirarás esto desde la distancia algún día y encontrarás algo bueno. El tiempo nos enseña cosas –sonrió–. Ya sabes, no vale la pena llorar por la leche derramada, hay que afrontar las cosas...

–Sí –Matthew sonrió–. Y el fin justifica los medios.

Padre e hijo se miraron, después intercambiaron algo que podría haber pasado por un abrazo. Matthew bajó a la calle y se subió al taxi que lo esperaba.

–Al aeropuerto –dijo, pero siguió pensando en lo que acababa de decir.

«El fin justifica los medios». ¿Por qué esas palabras resonaban en su cabeza?

El vuelo a Dallas duró menos de una hora. A media mañana, Matthew estaba en su mesa, revisando el correo atrasado. Tratando de no pensar en Mia. En Hamilton. En lo que estaría haciendo con ella en aquella enorme casa de Cartagena.

Sus hermanos estaban también en la oficina. Infrecuente, dijo Cam. Y lo era.

A las doce, Alex llamó a sus intercomunicadores.

–¿Nos vamos a comer?

–Bien –dijo Cam

Matthew dijo que no tenía tiempo. A la una fue Cam quien propuso ir a comer. Alex dijo que sí, y Matthew, que no tenía hambre. A las dos, Cam y Alex cuchicheaban en la sala de juntas.

–Matt no parece estar bien –murmuró Cam.

–Sí, no tiene buen aspecto –añadió Alex.

Pasaba algo, ¿pero qué? Cinco minutos después entraban en el despacho de Matt.

–A comer –dijo Cam en tono firme.

–Ahora –añadió Alex igual de firme.

Matthew miró a sus hermanos. Suspiró.

–¿Qué pasa aquí? ¿Tengo que a ir a comer o a pelearme con los dos?

–¿Lo ves? –dijo Alex a Cam–. Ya te decía que tenía cerebro.

Cam señaló la puerta con el pulgar, y dijo:

–Vamos.

Matthew volvió a suspirar y empujó la silla.

–¿Cómo sabéis cuándo tengo hambre?

Salieron a un bar a unas pocas manzanas. Era un lugar donde se podía comer una buena hamburguesa y una cerveza sin cristales de colores en el techo ni una esparraguera colgando encima de la cabeza. Los tres se sentaron en su mesa favorita y pidieron la comida.

Alex habló del tiempo. Cam, del tráfico. Matthew no habló de nada. Cam se aclaró la garganta.

–Bueno –dijo tras intercambiar una mirada con Alex–. ¿Cómo estaba Colombia?

–Bien.

Silencio. El camarero llevó las cervezas. Cam levantó una ceja a Alex como para decirle que era su turno. Alex carraspeó.

–¿Te encargaste de lo que quería el viejo que hicieras?

Matthew levantó el vaso.

–Ajá.

Más silencio. Más miradas entre Cam y Alex.

–Parece que soy el único al que no han pedido que haga algo como favor a nuestro estimado padre –dijo Alex.

–Dale tiempo –dijo Cam.

–Sí –añadió Matthew–. Y cuando te lo pida, vigila tu culo.

Nueve palabras, pensó Cam. Casi el récord del día.

–¿Por qué?

–Porque deberías ser listo y negarte. Si quieren un trabajo, que se lo hagan ellos.

–Bueno –dijo Cam con cuidado–, a mí me fue bien. Quiero decir que si no hubiera dicho que sí, nunca habría conocido a Salomé.

Matthew miró por encima de su cerveza.

–Acabaste en la UVI –dijo con frialdad–. Nadie en su sano juicio se olvidaría tan pronto de eso.

–Lo que cuenta es que conocí a la mujer que quiero.

Había tensión en el tono de Cam, casi un reto, pero Matthew no se dio por aludido.

–Sí, bueno, la mierda del amor... –alzó las manos como disculpa hacia Cam–. Lo siento. Me alegro por ti. Demonios, me encanta mi nueva cuñada, ya lo sabes.

Otra larga mirada entre Cam y Alex.

–¿Estamos hablando de alguna mujer en particular? –preguntó Alex.

–¿Quién ha dicho que estemos hablando de alguna mujer?

–Bueno, nadie, pero como has hablado del amor...

–Sé lo que he dicho. Y no, no estamos hablando de ninguna mujer.

–Bueno, bueno, porque si estuviéramos...

–¿Parezco el típico idiota que se enamoraría de una mujer y se volvería tonto?

Sí, pensaron los dos hermanos, porque en sus ojos se apreciaba una mezcla de sentimientos: rabia, dolor, desesperación y algo más...

–No –dijo Cam despacio–. Pero, por otro lado, si

te has metido en algo en Colombia, algo que te haya afectado, bueno, a lo mejor querrías contárnoslo. Matthew lo miró.

–Puede que me haya comportado como un imbécil, pero eso no quiere decir que esté preparado para una terapia de grupo.

–Claro que no, pero...

–¿Creéis que soy de los que se tumba en un diván y le cuenta su vida a un loquero?

–No, todavía...

–O a lo mejor creéis que me he enamorado de una nena que sabía que no era buena. ¿Una mujer que traficaba con droga? ¿Que era de otro hombre? ¿Es eso lo que pensáis? –Matthew golpeó la mesa con el puño–. ¿Es eso?

Y antes de que sus hermanos contestaran, les contó la historia completa. Excepto que en vez de decir «estar enamorado» dijo «estar encaprichado». Alex respiró de alivio.

–Muy bien. Por un momento nos has tenido preocupados.

–Nada por qué preocuparse –dijo Matthew.

–Sí –dijo Cam–, ahora que nos has contado la historia, te encontrarás mejor –miró alrededor y levantó la mano para pedir otra ronda–. Todo lo que tenías que hacer era contar los detalles. Quiero decir, que no es nada más que la historia de un tipo que se engancha con una nena que tiene la moral de una gata callejera...

Matthew cruzó la mesa antes de que Cam acabara la frase, agarró a su hermano de las solapas de la chaqueta y casi lo levantó de la silla.

–¿Qué dices?

–Matthew –dijo Cam con tranquilidad, agarrando la muñeca de su hermano–. No hagas algo de lo que nos arrepentiremos los dos.

–Has dicho algo sobre Mia, Cameron. Quiero estar seguro de que lo he oído bien.

–Eh –dijo Alex, mirando a los dos–. Vamos, tranquilos. Matt, has dicho algo que podemos haber entendido mal. Cam, Matt está alterado, todos podemos verlo.

–No estoy alterado –dijo Matthew entre dientes, miró a los dos y soltó las solapas y volvió a sentarse–. ¿Qué demonios voy a hacer?

–Estás enamorado de ella –dijo Cam con suavidad.

Matthew asintió, y dijo:

–¿Y no es lo más triste que has oído nunca?

–Bueno, bueno, a lo mejor las cosas no son tan malas como parecen. Puede que ella no sea... puede que no fuera...

–Lo era. Demonios, ni siquiera trató de negar nada de lo que dijo Hamilton. La llamó ladrona, traficante. Dijo que había robado información secreta que iba a vender, que me había tratado como a un bobo...

–¿Y ella no dijo nada?

–No. No pronunció ni media docena de palabras. No hasta el final cuando ya se iba con él, y lo que dijo no tenía sentido porque se refería a algo personal sobre mí.

–¿Qué?

Matthew rió con amargura.

–Sobre el maldito tatuaje que tenemos los tres. ¿Lo podéis creer? Y encima se equivocó. Dijo que era mejor haber elegido la calavera y los huesos que el águila, y después que el fin siempre justifica los... –se quedó pálido–. ¡Madre mía! –susurró.

–¿Matthew?

–Ella sabía que era al revés. Habíamos hablado de ello un par de horas antes. Me preguntó por el tatuaje y le conté nuestro debate entre la calavera y el águila y cómo se había impuesto el águila, y ella lo sabía. ¡Lo sabía!

Cam y Alex intercambiaron miradas de desconcierto.

—¿Y? —dijo Alex.

—Y —dijo Matthew con voz ronca—. Estaba demasiado ocupado compadeciéndome y no pude entender el mensaje.

—Explícanoslo porque nosotros tampoco entendemos nada.

—Mia me ama —dijo Matthew con convicción—. No es la mujer que Hamilton dice y... ¡Maldita sea, dejé que ese hijo de perra se la llevara!

Se puso en pie, sacó unos billetes y los dejó en la mesa. Estaba casi en la puerta cuando sus hermanos lo alcanzaron.

—¿De qué estás hablando? —dijo Cam.

—Sí, tío. ¿Nos vas a dejas con el misterio?

—No fue Mia la que me engañó, fue Hamilton. Y dejé que se la llevara —Matthew corrió hasta la esquina y paró un taxi—. ¿Qué le haría, qué le estaría haciendo a Mia?

—Matt, espera...

Matthew saltó dentro del taxi. Era un coche pequeño. Nadie en su sano juicio hubiera dicho que tres personas del tamaño de los Knight podrían caber en el asiento de atrás, pero cupieron.

El Learjet que Matthew había contratado para su viaje, estaba todavía en el aeropuerto. El piloto estaba a punto de emprender el regreso a Colombia.

—Ningún problema —dijo cuando Matthew irrumpió en la terminal de vuelos privados y le pidió que le llevara de nuevo.

Los tres hermanos subieron al aparato, Matthew sacó su móvil y marcó un número que no había olvidado. Contestó la misma voz sin expresión de tiempos pasados. Matthew pronunció la contraseña. Segundos después, estaba hablando con el hombre conocido como el director y que dirigía las operaciones encubiertas de la Agencia desde siempre. Cuando terminó la conversación, la expresión de Matthew era de seriedad.

–Hijo de perra –dijo sin entonación–. Debería haberlo imaginado. No ha cambiado nada. El negro siempre es blanco y el blanco negro en la Agencia.

–¿Mia no traficaba con droga? –preguntó Alex.

–Era una secretaria del Departamento de Defensa. Una secretaria, pero no les importó. Les llegaron rumores de que Hamilton podía estar metido en algo sucio, revisaron los archivos y vieron que ella había trabajado para él, la llamaron, le metieron el típico rollo de los deberes patrióticos y la enviaron a Cartagena como asistente personal de Hamilton.

–Y consiguió las pruebas que buscaban.

–Sí. Hamilton es un topo, él es el traficante. Mia consiguió la lista de sus contactos. Por eso huyó y por eso Hamilton tenía tanto interés en que volviera.

–Nos va a llevar cinco o seis horas llegar a Cartagena –dijo Cam.

–Una eternidad –dijo Matthew con voz grave–. Se lo he dicho al director. Le he dicho lo que podía estar pasando, y me ha dicho que es suficiente para asaltar la casa de Hamilton.

–¿Y?

–Lo hará… pero no antes de veinticuatro horas. Dice que eso es lo que tardará en coordinar la operación con la DEA y la policía colombiana.

–Es demasiado tiempo.

–Claro que lo es –Matthew miró a sus hermanos–. No soy la Agencia, ni la DEA, ni la maldita policía colombiana. Voy a hacer un par de llamadas para conseguir algo de equipo.

Nadie preguntó por la clase de equipo. Lo sabían. Armas, alicates, aparatos electrónicos, cualquier cosa que les permitiera entrar en casa de Hamilton y sacar a Mia de allí.

–Quiero poder atacar a Hamilton en cuanto aterricemos –Matthew hizo una pausa–, pero quiero que vosotros volváis a casa. Que estéis conmigo es estupendo, pero...

–Pero –dijo Alex a Cam– no quiere dejarnos disfrutar de lo bueno.

–Sí –dijo Cam–, bueno, ¿qué se puede esperar? Siempre ha sido así, desde pequeño. Nunca compartía los juguetes.

–Como su triciclo.

–O el tren de juguete.

–Ni la construcción. Chico, nunca nos dejaba jugar con ella.

Alex y Cam miraron a Matthew. Él los miró también.

–Chicos –dijo con voz áspera y grave–, vosotros sois... sois...

–Los mejores –dijo Cam burlón.

Los tres sonrieron, pero las sonrisas desaparecieron rápidamente y su lugar lo ocuparon masculinas miradas de determinación. Matthew les dibujó un esquema de la casa de Hamilton y después estuvo muy ocupado con el teléfono. Cam y Alex se centraron en desarrollar un plan.

Capítulo 12

SUS hermanos le dijeron que si seguía dando vueltas, acabaría por llegar andando a Colombia. Sabía que estaban intentando reducir la tensión, pero lo único que podría lograrlo sería recuperar a Mia. Recordaba su mirada la última vez que la había visto, y no podía soportar saber que se había alejado de ella justo cuando más lo necesitaba. ¿Cómo podía haber creído a Hamilton? Debería haber descubierto la verdad y haberse dado cuenta de que Mia nunca haría las cosas de las que le acusaba el coronel. Y si estaba muerta...

No. Eso no podía haber ocurrido. Estaba viva, seguro. Lo sabría si no fuera así. Lo sabría.

Había un sobre para Matthew en uno de los mostradores del aeropuerto. Dentro había un recibo de una aparcamiento y las llaves de un todoterreno. En otro sobre que se encontraba dentro de la guantera del coche, había una dirección. Condujo Matthew; conocía Cartagena mejor que sus hermanos. Instantes después se encontraban en una chabola de uno de los peores barrios de Cartagena. Un hombre los invitó a entrar, alguien a quien Matthew había conocido años antes. No tenía nombre, pero era un amigo.

–Me has sorprendido –dijo en inglés–, pero he conseguido lo que he podido.

Uzis. Walthers. Berettas. Diminutos sistemas de comunicación. Alicates y otra media docena de herramientas además de pastillas para dormir y medio kilo de carne picada. Ropa negra, pasamontañas y zapatos negros para los tres. El equipo podría valer. Matthew y sus hermanos vaciaron sus carteras, pero no era suficiente. El hombre tomó el fajo de billetes, sonrió y lo guardó.

—Su crédito es bueno, amigo —dijo, y volvió a sonreír.

Era un viejo chiste entre los dos, basado en un cartel que había en los escaparates de algunas tiendas de Cartagena y en algunos comercios de Dallas. Matthew asintió.

—Gracias, amigo —dijo.

Instantes después, los tres estaban de camino a la casa de Hamilton.

El plan era sencillo. Aparcarían a quinientos metros de la casa, esperarían hasta la medianoche, para lo que faltaba menos de una hora, echarían la carne con los somníferos al perro o perros por encima del muro, escalarían la pared, cortarían el alambre de púas... Y después improvisarían.

Cinco minutos antes de las doce, salieron del coche, se aproximaron al recinto de la casa atravesando un enorme solar que había al lado. Cuando llegaron al muro, Cam silbó suavemente. Inmediatamente escucharon el sonido de las patas de un animal corriendo.

—Un perro —susurró Alex—. Grande.

Cam asintió, esperó hasta que el perro estuviera cerca del muro y entonces le arrojó la carne. Escucharon olisquear y después masticar. Después de no mucho tiempo, el sonido de un animal al tumbarse seguido de ronquidos.

–Vamos –susurró Matthew.

Subieron el muro, cortaron el alambre. Saltaron sin hacer ruido al césped del otro lado. Para comunicarse recurrieron a los gestos; habían trabajado muchas veces juntos. Había media docena de vehículos aparcados delante de la casa. Matthew entornó los ojos. Habían esperado que a esa hora todo el mundo durmiera, pero parecía como si hubiera una reunión. Eso hacía la misión más complicada, pero también significaba que pescarían más. Puso la mente en blanco para no pensar en Mia, si pensaba en ella sabía que no funcionaría. Los tres se movieron a su señal. Escalaron las paredes de la casa. Entraron por una ventana en la segunda planta. Revisaron todas las habitaciones, pero estaban vacías. Empezaron a bajar por las escaleras de servicio hacia la cocina. Alex tapó con la mano la boca de la cocinera y después la amordazó con cinta adhesiva. Cam le ató las manos y pies y le aseguró que no le harían daño si se estaba quieta. Se deslizaron al interior de la despensa. Escucharon a través de la puerta del comedor donde claramente se desarrollaba una cena. Escucharon al menos media docena de voces, muchas risas y montones de chistes picantes.

Matthew reconoció la voz de Hamilton. Y otra. Se le erizó el vello. Era la voz del hombre que había conseguido escapar después de matar a Alita, la voz que había escuchado en sus pesadillas durante años. Respiró hondo e hizo gestos a Cam y Alex. Prepararon las armas e irrumpieron en el comedor. Había seis hombre sentados alrededor de una mesa grande. Seis guardaespaldas de pie al lado de una pared. La sorpresa fue total. Uno de los guardaespaldas se echó la mano a la cintura. Fue cuestión de segundos, segundos que parecieron horas, como suele ocurrir en esos casos. Después tres guardaespaldas estaban muertos, y tres, heridos. De los hombres de la mesa, dos yacían inmóviles en el suelo y los cuatro restantes seguían en sus asientos pálidos y con las manos a la vista encima de la mesa.

Eran, de verdad, una buena pesca, peces gordos. Juan Marías Rosario, el jefe del cártel. El coronel Douglas Hamilton. Uno de los mayores distribuidores de cocaína de Norteamérica. Y el hombre sin nombre que consiguió huir después de matar a Alita. El hombre miró a Matthew y perdió el color.

—Tú —dijo.

Matthew sonrió.

—Yo —dijo con suavidad.

El hombre se separó de la mesa.

—Escucha, amigo, no fue nada personal. Tranquilo. Podemos hablar sobre...

Al pronunciar la última palabra, saltó de su silla con una automática en la mano. Pero Matthew fue más rápido. Disparó, y el asesino de Alita cayó muerto a sus pies. Matthew dedicó una larga mirada al cuerpo. «Por ti, Alita», pensó y sintió que se quitaba un peso de encima.

Cam llamó por teléfono al director mientras Alex ataba a los prisioneros. Matthew fue directamente a por el coronel, lo agarró de la camisa y lo puso de pie.

—¿Dónde está ella?

Hamilton estaba blanco.

—No me mate. Esto no es más que un mal...

Matthew lo levantó hasta ponerlo de puntillas.

—¿Dónde está ella?

—No lo sé.

Hamilton hizo un sonido gutural cuando la mano de Matthew se trasladó a la garganta desde la camisa.

—Por última vez, hijo de perra, dime dónde está Mia o...

Sus hermanos lo agarraron.

–Lo matarás –dijo Cam–, el mundo mejorará, pero no podrás encontrarla.

Matthew respiró hondo. Cam tenía razón. Asintió, dio un paso atrás y esperó hasta que Hamilton estuvo atado de pies y manos.

–Ahora –rugió–. ¿Dónde está Mia?

–No lo sé –dijo el coronel, sacudiendo la cabeza.

–¡Mentiroso!

–No. Es verdad. No está aquí. Registre la casa y lo verá por sí mismo. No está aquí.

Eso era cierto. Habían registrado el piso de arriba. Cam entró en el comedor y negó con la cabeza: Mia tampoco estaba en la planta baja.

–Entonces... entonces está muerta –dijo Matthew sin ninguna entonación–. Te la llevaste a la jungla y...

–¡No! Mia... Mia se fue. No quiso quedarse conmigo.

–¿Qué?

–Dijo que vendría conmigo, pero cambió de...

Hamilton se interrumpió cuando Matthew volvió a apretarle la garganta.

–¡Mentiroso! No fue contigo; la obligaste.

–Usted la conoce, Knight. Finge. Ella...

Dio un grito cuando los pulgares de Matthew se le clavaron en la traquea.

–Trabajaba para la Agencia.

–Sí, lo sé, pero cambió. Se lo dije.

Matthew miró fijamente el rostro enrojecido de Hamilton. Era tan fácil matarlo. Un poco más de presión...

–¿Le mentiría en un momento así? –jadeó Hamilton–. ¿Cuando me estoy jugando la vida? Ella se fue, se lo juro, es la verdad.

–¿Qué pasó con las lista de agentes que decías que robó? Supongo que te la devolvería antes de irse.

–¡Por supuesto! Sabía que no tenía elección si quería que la siguiera encubriendo.

Matthew apretó más fuerte. Aquello no podía ser cierto. Mia no... Se había alejado de él sin protestar aquella noche. Sí, había dicho al revés lo de los tatuajes, ¿y qué? También había dicho otra cosa sobre que el fin justificaba los medios...

–¡Matt!

Levantó la vista. Alex y Cam estaban de pie uno a cada lado de él.

–La Agencia puede sacar mucho de él –dijo Cam con calma–. Si acabas con él, lo que sabe del cártel se lo llevará a la tumba.

Entrenamiento. Disciplina. Todo eso con lo que había vivido le vino a la cabeza. Soltó la garganta de Hamilton y dio un paso atrás.

–Voy a encontrarla –dijo más a sus hermanos que al rostro púrpura del prisionero.

–Muy bien. Espera a que llegue la gente de la Agencia, e iremos contigo.

–Voy a ir solo –dijo Matthew.

–Matt. Espéranos. Ni siquiera sabes por dónde empezar a buscar.

–Voy a ir solo –dijo con suavidad–. Así es como va a ser.

Los Knight esperaron a la gente de la Agencia. Se hicieron cargo de todo como siempre. Una hora después los tres estaban fuera de la casa. Cam se frotó la cara con la mano y bostezó.

–Lo que me hace falta es un filete, un caldero de café y un avión a casa.

–Lo mismo que a mí –dijo Alex.

Miraron a Matthew.

–Lo que me hace falta, son algunas respuestas.

–Matt –dijo Cam–, mira, chico, algunas veces las cosas no salen como queremos, ¿sabes?

–Tengo que averiguar la verdad.

–Quieres decir... quieres decir... si ella está muerta...

–No lo está –Matthew frunció el ceño, sabiendo lo loco que había parecido–. Lo sabría si lo estuviera.

–Sí –asintió Alex–. Bueno, lo que dijo Hamilton sobre que se fue con él...

–Sé lo que ha dicho.

–Pero no lo crees.

–Sí, pero no es lo mismo –dudó Matthew.

–No, no lo es.

Los tres guardaron silencio hasta que Alex dijo:

–¿Sabe ella tu número de móvil? Porque si lo sabe y no te ha llamado...

–No lo sabe –apretó la mandíbula–. Pero sabe mi nombre y que soy de Dallas.

La inferencia era clara; si Mia quería encontrarlo, podría.

–En ese caso, tío, vente a casa con nosotros.

Matthew sonrió a sus hermanos.

–¿Haríais vosotros eso? –su silencio fue la respuesta–. Venga –dijo, pasándoles el brazo por los hombros–. Os invitaré a los filetes, os meteré en el avión...

–Escúchale –dijo Alex–. Menuda forma de hablar para un hombre que se ha gastado su último dólar comprando juguetes a un matón que llama amigo.

–No es un matón. Y tengo una tarjeta de crédito.

–Sí, sí. Promesas y promesas...

Los hermanos charlaron y bromearon y pasaron las dos siguientes horas evitando cuidadosamente cualquier conversación sobre Mia Palmieri.

En el aeropuerto sus sonrisas se ensombrecieron.

–Ten cuidado –dijo Alex.

–Si las cosas se ponen difíciles, llámanos –siguió Cam.

Matthew dijo que lo haría y los miró subir al avión. Después se subió en el todo terreno y siguió la ruta de las montañas que en una ocasión lo llevó hasta Mía. Si Hamilton había dicho la verdad, si Mia se había marchado, habría buscado un lugar seguro. Un lugar donde podría planear sus siguientes pasos sin tener que preocuparse ni del cártel, ni de Hamilton, ni de las autoridades.

«Me siento tan segura aquí», había dicho ella en su casa de Cachalú. Y estaría segura. Era lista. Habría pensado que ése sería el último lugar donde la buscaría. Tendría que pensar también que Matthew habría vuelto a Estados Unidos. Había terminado el trabajo de encontrarla.

Sabía dónde estaba ella: en las montañas. Lo sentía en los huesos. Pronto él estaría allí también. Encontraría a Mia, le preguntaría algunas cosas, y si no tenía respuestas... Si no las tenía...

Apretó el volante con fuerza. No iba a pensar en eso todavía.

Era completamente de noche cuando abandonó la carretera principal y tomó la pista que conducía a su casa. No había luces en las ventanas. Tuvo la primera duda. A lo mejor se había equivocado, a lo mejor ella no estaba allí. No. Tenía que estar. Lo sabía.

Apagó las luces del coche, se acercó un poco más y apagó el motor. Haría el último tramo andando. El corazón le latía acelerado. Respiraba tranquilo. Se sentía como siempre en las operaciones nocturnas. Subió las escaleras sin hacer ruido. Metió la llave en la cerradura. Entró en la casa y tecleó el código de seguridad. Había una linterna en el escritorio de la biblioteca. La encendió, mantuvo el haz de luz bajo. No había ni señal de ella. Esperó. Sí la había: su aroma.

Pero ella no estaba en la casa. Revisó cada cuarto. Y entonces, entendió. No era en la casa donde se sentía segura. Era en el claro del bosque. El lugar donde él había creído que la amaba.

Apagó la linterna y se dirigió al camino que bajaba hasta el claro. Pronto vería a Mia. Le preguntaría por la verdad. Y entonces... entonces, si tenía que hacerlo, terminaría con aquello.

Capítulo 13

EL bosque estaba oscuro. Sólo se escuchaba el estruendo de la catarata.

La luna, un grueso globo de marfil suspendido sobre las frondosas ramas de los árboles, iluminaba el claro en el que la charca brillaba como una piedra preciosa.

Iluminaba a Mia, de pie, desnuda bajo el espumoso velo de la cascada.

Se quedó quieto en el límite del claro, mirándola y buscando en su interior algo de la disciplina bajo la que había vivido toda su vida, pero ése era el problema: no tenía disciplina cuando se trataba de ella.

La había buscado, encontrado y después perdido.

En ese momento, la tenía atrapada. Era su... No lo era. Ella lo había dejado claro. Lo había dejado por otro hombre. Un hombre que la quería a pesar de que decía que ella lo había traicionado.

«Entonces, ¿por qué la quiere?», había preguntado Matthew al principio.

Era una pregunta sincera. Podía entender que la mujer fuera hermosa, aquel hombre le había mostrado fotografías, pero el mundo estaba lleno de mujeres hermosas. ¿Qué hacía a ésta tan especial?

El hombre lo había mirado, avergonzado, había sonreído y le había dicho que quería que volviera porque ella era más que hermosa. Ella era, había dicho, todo lo que un hombre podía desear.

Matthew sintió una sacudida. No era cierto. No era todo lo que un hombre podía desear. Era más. Lo supo después porque durante un breve espacio de tiempo le había pertenecido. Era Eva, Jezabel y Lilith renacidas. Podía ser tan salvaje como los rayos de una tormenta de verano o tan dulce como lluvia de primavera. Sólo mirarla era suficiente para derretir el alma de un hombre.

Su rostro era un óvalo, sus enormes ojos oscuros se apoyaban en una nariz aristocrática y una boca hecha para pecar. Su pelo era largo y oscuro como el café. Caía por su espalda en una cascada de rizos que hacían que deseara tocarlo.

Era alta y delgada, pero de pechos redondos y grandes. Se le cortaba la respiración al recordar cómo habían llenado sus manos. Y las piernas... sus piernas estaban hechas para agarrarse a la cintura de un hombre. Todavía podía recordar esa sensación mientras separaba sus muslos y se hundía profundamente en su calor.

Matthew sintió un escalofrío. ¿Estaba perdiendo la cabeza?

¿Quién era Mia Palmieri? ¿Era su mujer o la de Hamilton? ¿Había sido todo un juego?

Todo lo que sabía en ese momento era que era tentadora, pero él era un guerrero.

Fue hacia ella. Se detuvo. Seguramente no podía verlo. Iba vestido de negro, la ropa que utilizaba para las operaciones nocturnas en las Fuerzas Especiales y la Agencia. Sabía que eso lo hacía desaparecer contra el fondo de la selva.

¿Sentiría ella su presencia de alguna manera?

¿Era por eso que inclinaba la cabeza hacia atrás manteniendo el rostro bajo la cortina de agua? ¿Por qué levantaba sus pechos con las manos como si se los ofreciera a los dioses?

¿Se estaba ofreciendo a él?

Estaba duro como una piedra. Tan duro que sentía dolor.

Una vez, había prometido llevársela al hombre que le había enviado a buscarla, pero esa noche, su única promesa era consigo mismo.

Lentamente bajó al claro iluminado por la luna. Esperó con los músculos en tensión deseando que ella se volviera a mirarlo. ¿Por qué no dar un grito y hacerle saber que estaba allí?

La respuesta fue un frío susurro en su cabeza.

Porque quería ver qué hacía ella cuando lo viera. ¿Correría hacia él? ¿Se lanzaría a sus brazos? Si lo hacía...

Pero no, su reacción fue como una patada en el estómago.

Abrió los ojos. Abrió los labios con una pequeña expresión de sorpresa. Se cubrió los pechos con un brazo, y con el otro, la unión de las piernas.

Sabía que era un acto reflejo y nada más, pero era toda la respuesta que necesitaba.

—No —dijo ella.

No pudo oírla, pero leyó la palabra en sus labios.

—No —volvió a decir.

Y Matthew sintió el efecto de la adrenalina que recorría su cuerpo.

Curvó los labios con la sonrisa de un depredador. Se quitó las zapatillas, se sacó la camisa por la cabeza, se desabrochó los pantalones y se libró de ellos. Permaneció quieto, dejando que ella pudiera comprobar el nivel de su excitación, después se lanzó a la charca y fue hacia ella.

Mia había bajado por el camino con todos sus sentidos alertas por las criaturas que cazaban por la noche, pero estaba sola. Sola para el resto de su vida, había pensado... y entonces, de pronto, había sentido una presencia humana.

Matthew, había pensado.

Matthew se había ido.

Había ido a su casa porque era el único lugar donde se sentía segura. Douglas nunca pensaría en buscarla en el mismo lugar donde acababa de encontrarla.

Había deseado que Matthew siguiera allí, pero no estaba. La casa estaba vacía aunque quedaban trazas de su presencia: una taza vacía en la pila, su aroma en la almohada.

Durmió allí, en su cama, abrazando su almohada.

Pasó la noche. El día. Y entonces, esa tarde, había sentido... había sentido algo. Como un salto en el tiempo, en el espacio. Fuera lo que fuera, la había llevado allí, al claro del bosque, al lugar donde habían hecho el amor.

Tenía la sensación de estar siendo observada.

¿La había encontrado Douglas? El miedo casi le doblaba las piernas... y entonces una figura se materializó, saliendo de las sombras.

Matthew.

La alegría inundó su corazón. Estaba ahí. El hombre que amaba... pero cuando vio su rostro, tan frío, tan fiero, supo que había creído las mentiras de Douglas.

—No —murmuró Mia.

No podía haberlo creído, tenía que darle la oportunidad de explicarse.

—No —volvió a decir y, como si la hubiese oído, en los labios de él se dibujo una sonrisa terrorífica.

Era una sonrisa que se ajustaba a lo que Douglas le había dicho de él.

—Tu amante es un asesino —había susurrado mientras la sujetaba de la barbilla—. Tiene las manos manchadas de sangre.

No lo era. Matthew no era un asesino. Era dulce y amable y...

Paralizada, vio cómo se desnudaba, y pudo apreciar su orgullosa erección. Empezó a temblar. No había nada sutil en aquel mensaje. Quería que lo viera en toda su salvaje masculinidad antes de vengarse de ella.

Matthew se metió en el agua.

Mia se dio la vuelta, salió del agua y echó a correr.

Estaba huyendo. Corriendo para salvar la vida. Matthew salió del agua. Mejor, prefería que estuviera asustada. Esperó hasta que los árboles se la tragaron. Sabía lo que había más adelante, donde el bosque se cerraba: zarzas.

Nada podría detenerlo. Había sido entrenado para perseguir a su presa.

Salió tras ella. Se movió rápido, sin ruido, evitando las zarzas. Ahí estaba ella, justo delante de él. Apresuró el paso, la alcanzó y la agarró entre sus brazos. Ella jadeaba, tenía el pelo revuelto, y se dijo a sí mismo que esa especie de felicidad que sentía era sólo la alegría del cazador que cobra su presa.

—Hola, Mia.

—Matthew —alzó las manos y las apoyó en sus hombros—. Cualquier cosa que pienses...

—Cualquier cosa que piense no es cierta. ¿Era eso lo que ibas a decir?

—Sí, ¡sí! Sé lo que parece. Sé lo que te ha dicho Douglas, pero...

—Pero miente.

—Sí —respiró entre sollozos—. Él y yo nunca estuvimos liados, ¿cómo iba a acostarme con un hombre al que desprecio?

—A lo mejor del mismo modo en que te acostaste

conmigo —torció la boca—. Como si fuera parte del juego que tienes que jugar y ganar.

—Estaba jugando con Douglas, no contigo. Nunca con...

Matthew le agarró las manos y se las llevó al pecho.

—Entonces, ¿por qué no me dijiste la verdad? Todo lo que tenías que hacer era decirme: Matthew, trabajo para la Agencia. Me enviaron a Cartagena para espiar a Douglas Hamilton. Por eso quiere recuperarme, porque soy una espía.

—¿Cómo iba a decirte algo así? —sus miradas se encontraron—. No te conocía. No sabía nada de ti, excepto que trabajabas para Douglas.

—Te dije que no.

—Pero sí. Te pidió que me encontraras y me llevaras con él, y eso era lo que estabas haciendo. ¿Cómo iba a confiar en ti? ¿Cómo iba a contarte la verdad?

Era una pregunta razonable, pero no estaba de humor para ser razonable. Ya era bastante difícil tenerla entre los brazos, sentir el cuerpo desnudo contra el suyo, inhalar su aroma sin perder la cabeza.

—Podría creerte —dijo, enfadado—, pero después las cosas cambiaron entre nosotros —apretó los labios—. Un hombre espera que una mujer sea sincera con él después de fo...

De algún modo, consiguió soltarse una mano y le estampó la palma en la cara.

—No se te ocurra llamarlo así —dijo ella en un susurro amenazante—. Hicimos el amor. Lo sabes. No fue nada... nada sucio, ni ordinario, ni...

Las lágrimas le corrían por la cara. Que llore, pensó Matthew, no cambiará nada. Pero sí lo hizo.

—No llores —dijo con voz ronca.

Mia sacudió la cabeza.

—Te odio —dijo con la voz rota.

–Sí, lo mismo que odias a Hamilton.

Mia levantó la cabeza. La mirada que le dedicó, a través de unas pestañas llenas de lágrimas, fue de las que no se olvidan.

–¿Qué prefieres, Matthew, la verdad, o las mentiras que te contó él?

No respondió, sólo se encogió de hombros.

–Te escucho –dijo sin emoción.

–Fui su secretaria hace unos años, cuando estaba destinada en Washington. La Agencia pensaba que se había corrompido, pero necesitaban pruebas. Como yo conocía a Douglas, me pidieron que viniera a Colombia como su asistente...

–Personal. Eso ya me lo sé –Matthew apretó la mandíbula–. Y entonces –dijo con suavidad, mirándola a los ojos– descubriste el modo de cometer un crimen: podías traficar con droga...

–¡No!

–Y podías vender los nombres de los agentes de la Agencia y de la DEA que trabajaban aquí.

–¡No! –Mia lo golpeó con el puño en el pecho–. ¿De verdad crees que podría hacer algo así?

Matthew la miró a los ojos. Sintió su suave calor entre los brazos. Algo dentro de él pareció desmoronarse. Era, pensó, el muro que había levantado alrededor de su corazón.

–¿Lo crees?

–No –susurró entre su pelo–. No, nena, sé que no podrías.

Mia se quedó sin respiración.

–Matthew, oh, Matthew...

Mia alzó su rostro, y él la besó, apasionado, saboreando no sólo la dulzura de su boca, sino la innata bondad de su alma.

–Dime –murmuró él–. Cuéntame todo, corazón. Sé lo malo que es guardarse dentro la tristeza.

Le contó todo. Cómo Hamilton la había descubierto hurgando en sus archivos. Cómo lo había montado todo de modo que pareciera que ella traficaba.

–Me amenazó con encerrarme en una cárcel colombiana si no mandaba un informe diciendo que estaba limpio. Decía que… que la única forma que podía garantizarle que le obedecería sería acostándome con él.

«Hamilton, Hamilton, hijo de perra, debería haberte matado», pensó Matthew.

–Le dije que lo haría, pero le pedí algo de tiempo. A la mañana siguiente entré en su ordenador, encontré un archivo donde estaba la lista de todos sus contactos en el cártel y en la embajada.

–¿En la embajada también?

–Por eso no mandé la lista a Bogotá. No sabía en quién podía confiar, así que copié la lista en un minidisco y me fui.

–Simplemente huiste, sin un destino previsto.

–Todo lo que sabía era que tenía que escapar con esa lista –sonrió–. Escondí el pequeño CD en la polvera.

–Eso es brillante.

–Me pregunto qué pensarán en la Agencia cuando les llegue.

–¿La enviaste a la Agencia?

Mia asintió.

–Ayer. Vino Evalina. Pensó que seguías aquí pero… Bueno le pregunté si sabía dónde había una oficina de Fed–Ex.

Matthew sacudía la cabeza, admirado.

–¿Y?

–Y me dijo que había una en la siguiente ciudad, que su marido pasaba por allí todos los días de camino al trabajo. Así que puse la polvera en un sobre acolchado que encontré en tu escritorio. Espero que no te importe.

–No –dijo, conteniendo una sonrisa–. No me importa.

–Su marido la envió por mí. Evalina me ha traído el comprobante esta mañana.

Matthew le dio un largo y profundo beso.

–Eres una mujer asombrosa, Mia Palmieri –la abrazó con fuerza–. Volvamos a casa –dijo con suavidad–. Haré fuego. Me puedes contar el resto cuando hayas entrado en calor.

–Estoy bien –protestó Mia, pero no era cierto, estaba temblando.

La levantó en brazos y la llevó hasta la casa a la luz de la luna. La envolvió en una manta, se puso unos pantalones y encendió fuego. Después sirvió un par de copas de brandy y la acogió en su regazo.

–Casi me vuelvo loco –dijo con voz ronca– cuando te fuiste con Hamilton.

–No tenía elección.

–¿Te amenazó, verdad?

–Sí.

–El canalla te diría que te haría daño si no ibas con él.

–No –le agarró la mano y se la llevó al corazón–. Dijo que te mataría –susurró–, que había otros hombres escondidos y que ellos... ellos te matarían si yo no... no...

Matthew la abrazó más fuerte y la besó. Su Mia era la mujer más valiente que había conocido. Que hubiera sacrificado su libertad por su vida era un regalo más allá de lo imaginable.

–Pero me escapé.

–¿Cómo?

Rió. Era un sonido tan hermoso, tan normal, que Matthew sonrió de oreja a oreja.

–Ah –dijo él–, seguro que hiciste algo muy inteligente.

–Muy tortuoso, querrás decir. Debíamos llevar en el coche una media hora. Estaba desesperada –se recostó en los brazos de Matthew–. Verás, había un chico que vivía en la puerta de al lado cuando tenía seis o siete años...

–No me lo digas, ¿mi rival?

Sonriendo le pasó los brazos por el cuello, y dijo:

–Era mi mejor amigo. Quería hacer todo lo que él hacía, así que me enseñó algunas cosas.

–¿Qué cosas? –Matthew sintió que su cuerpo se estimulaba. Su deseo había sido apartado por la angustia, pero al tenerla segura entre los brazos, estaba volviendo.

Ella también se dio cuenta.

–Matthew –dijo, cambiando de postura–. ¿No quieres saber cómo me escapé?

–Sí, sí quiero.

–Bueno, ese chico...

–Mia –dijo Matthew, tragando con dificultad–, estate quieta.

–¿Por qué? –preguntó, inocente. Después rió con suavidad y lo besó–. De acuerdo. Seré buena. Pero sólo un ratito.

–Bueno, ¿qué pasa con tu vecino? ¿Qué te enseñó?

–Cosas importantes –sonrió–. A cazar luciérnagas, a hacer bombas de agua.

–Un chico entrañable.

–Y me enseñó a eructar.

–¿Qué?

–Me enseñó a eructar, tragando aire y...

–Sí, sé cómo –besó la punta de su nariz. ¿Cómo podía haber vivido sin esa mujer?–. ¿Y qué tiene eso que ver con escapar de Hamilton?

–Bueno. Íbamos en el coche. Los dos en el asiento de atrás. Estaba desesperada. Así que tragué aire. Mucho. Y entonces solté un eructo enorme, y dije: ¡Douglas, voy a vomitar!

–Pero no lo hiciste.

–Es un tipo muy escrupuloso. Es un hombre horrible, pero muy escrupuloso –besó a Matthew en la barbilla–. Dijo al conductor que parara. Estábamos atravesando uno de esos pueblos pequeños que hay en la carretera.

–¿Y?

–Y salí del coche e hice algunos ruidos, Douglas se dio la vuelta, y corrí...

–¿Corriste? –la sonrisa de Matthew se extinguió–. ¿Por el pueblo? ¿Por esos callejones a oscuras?

–No tenía mucha elección –dijo, razonable–. Me llevó horas, pero finalmente encontré el camino de regreso aquí –le tembló la voz–. Pero tú no estabas. Esperé que volvieras, pero...

Matthew la calló con un beso.

–Mia, ¿te acuerdas de la última noche que pasamos juntos? Te dije que quería decirte algo.

–Y yo te dije lo mismo. Iba a contarte la verdad. Porque confiaba en ti, Matthew.

–Yo también confío en ti –dijo con suavidad–. Era lo que quería decirte esa noche –respiró hondo–. Te amo Mia.

–Matthew –lo besó en la boca–. Yo también te amo.

–¿Quieres casarte conmigo, Mia Palmieri?

Su sonrisa iluminó la habitación.

–Sí, claro que sí, mi amor.

El beso fue largo. Mia se movió y dejó caer la manta.

Qué preciosa era, pensó Matthew.

La levantó en sus brazos, la llevó hasta la alfombra que había al lado de la chimenea y se tumbó con ella, viendo cómo las llamas volvían su pelo de color cobre.

–Eres preciosa –dijo con suavidad–. Y valiente. Y mía, para siempre.

–Tuya pasa siempre –suspiró, y abrió su corazón y sus brazos al hombre que adoraba.

* * *

Podrás conocer la historia de Alex en el Bianca del próximo mes titulado:
DESNUDA EN SUS BRAZOS

Bianca®

Estaba en sus manos… ¡y fuera de control!

Imposible, exasperante e irresistible. Kristian Koumantaros era el paciente más difícil al que había tenido que cuidar Elizabeth en toda su vida. El arrogante millonario griego estaba acostumbrado a controlarlo todo, por eso le costaba tanto aceptar la ceguera temporal provocada por un accidente de helicóptero y se negaba a quedar a la merced de cualquier empleado… ¡sobre todo si se trataba de una mujer!

Sola con Kristian en su lujoso retiro, Elizabeth no podía evitar sentir toda la fuerza de su carisma sexual, algo que iba a obligarla a irse… como habían hecho las otras siete enfermeras que lo habían atendido antes que ella. Sin embargo Kristian se negaba a dejarla marchar y estaba dispuesto a utilizar todas las armas de las que aún disponía… entre las que estaba su potente masculinidad.

Bajo su poder

Jane Porter

Acepte 2 de nuestras mejores novelas de amor GRATIS

¡Y reciba un regalo sorpresa!

Oferta especial de tiempo limitado

Rellene el cupón y envíelo a
Harlequin Reader Service®
3010 Walden Ave.
P.O. Box 1867
Buffalo, N.Y. 14240-1867

¡Sí! Por favor, envíenme 2 novelas de amor de Harlequin (1 Bianca® y 1 Deseo®) gratis, más el regalo sorpresa. Luego remítanme 4 novelas nuevas todos los meses, las cuales recibiré mucho antes de que aparezcan en librerías, y factúrenme al bajo precio de $3,24 cada una, más $0,25 por envío e impuesto de ventas, si corresponde*. Este es el precio total, y es un ahorro de casi el 20% sobre el precio de portada. !Una oferta excelente! Entiendo que el hecho de aceptar estos libros y el regalo no me obliga en forma alguna a la compra de libros adicionales. Y también que puedo devolver cualquier envío y cancelar en cualquier momento. Aún si decido no comprar ningún otro libro de Harlequin, los 2 libros gratis y el regalo sorpresa son míos para siempre.

416 LBN DU7N

Nombre y apellido	(Por favor, letra de molde)	
Dirección	Apartamento No.	
Ciudad	Estado	Zona postal

Esta oferta se limita a un pedido por hogar y no está disponible para los subscriptores actuales de Deseo® y Bianca®.
*Los términos y precios quedan sujetos a cambios sin aviso previo.
Impuestos de ventas aplican en N.Y.

SPN-03   ©2003 Harlequin Enterprises Limited

Un rayo de luz
Fiona Harper

Nada más llegar a la casa, Gaby empezó a tener dudas sobre aquel trabajo. Su misión era ayudar a las familias que tenían problemas con sus hijos y se encontraban en un callejón sin salida. El problema era que el distanciamiento que existía entre Luke y su hija sólo podría solucionarse si Luke también se dejaba curar…

Gaby era la persona perfecta para aquel trabajo y no tardó en dejarse cautivar por Luke y su hija. Pero mientras los ayudaba se dio cuenta de que su verdadera misión era convertirse en madre de Heather… ¡y esposa de Luke!

Se estaba enamorando de su jefe… y de su familia

Deseo®

Sólo tú

Catherine Mann

Amable. Irresistible. Peligroso. David
Reis era todo eso y mucho más y había protagonizado las fantasías de
adolescencia de Starr Cimino... Además había sido su primer amante y su
gran desengaño. Ahora que había re-
gresado, Starr no quería arriesgarse a
caer bajo su influencia una vez más.
Pero David no tenía intención de con-
cederle una tregua. Quería volver a
tener a Starr en su cama y había ide-
ado un plan de seducción al que ninguna mujer podría resistirse...

¿Cómo podría negarle nada a aquel hombre?